Gräber G'schichten
Maibaumeln

Sylvia Schwarz
Gräber G'schichten
Maibaumeln

Biografische Information der Deutschen Nationalbibliothek:
Die Deutsche Nationalbibliothek verzeichnet diese
Publikation in der Deutschen Nationalbibliografie; detaillierte
bibliografische Daten sind im Internet über dnb.dnb.de
abrufbar.

Coverdesign: Jasmin Schwarz

Verlag: BoD • Books on Demand GmbH, In de Tarpen 42,

22848 Norderstedt

Druck: Libri Plureos GmbH, Friedensallee 273, 22763 Hamburg

ISBN: 978-3-7597-5219-2

Anleitung

Jede der Gräber G'schichten beginnt mit dem Kapitel, in dem die Leiche gefunden wird. Dieses Kapitel sollte natürlich zuerst gelesen werden, weil es grundsätzliche Informationen liefert.

Ganz hinten findet sich das letzte Kapitel mit der Auflösung, also dem Tathergang und der Aufdeckung des Mörders oder der Mörderin. Wer miträtseln möchte, sollte dieses Kapitel als letztes lesen.

In den Kapiteln dazwischen befragt Dolores Gräber, unsere Ermittlerin, die Verdächtigen. Jede Spürnase kann/darf/sollte diese Kapitel in beliebiger Reihenfolge lesen, je nachdem, in welche Richtung Dolores ermitteln soll.

Der Lohn fürs fleißige Mitraten ist das gute Gefühl, genauso schlau oder sogar schlauer zu sein als Dolores Gräber und ihr Zwergkugelfisch Knödel.

Erstes Kapitel – Die Leiche wird gefunden

Dolores Gräber, Mitte 60, rundlich und grundsätzlich sehr entspannt, eilte mit kleinen Tippelschritten durchs Dorf. Sie war spät dran. Ihre dauergewellten graumelierten Haare wippten im Takt, die schwarzen schönen Schuhe, die sie bloß selten trug, aber die eben reinschlüpfbereit vor der Tür gestanden hatten, drückten am kleinen Zeh. Diese dumme dunkelblaue Stoffhose kniff im Bund und gab keinen Millimeter nach. Gestern hatte sie – also Dolores, nicht die Hose – eindeutig über die Stränge geschlagen, was das Essen und Trinken anbelangte. Vor allem das Trinken.

Die Kirchturmuhr schlug sieben und das war kein gutes Zeichen. Sie sollte längst in der Kirche sein.

„Knödel", brachte Dolores abgehakt zwischen ihren hektischen Atemzügen heraus, „wir sind spät dran. Sehr spät dran."

Damit war die Reihe wohl an ihr, eine Runde für den Chor zu spendieren. Das war die Regel. Wer als Letzter oder Letzte zu spät zur Chorprobe kam, musste für die anderen eine Runde ausgeben.

Früher war es eine Runde Schnaps beim Trödler gewesen, aber mittlerweile... Dolores Gräber schnappte nach Luft. Es ging leicht bergab über das Kopfsteinpflaster und sie musste aufpassen nicht zu fallen. Die Steine lagen nicht mehr ganz eben, seit der Schneepflug im letzten Winter das Räumschild zu tief eingestellt hatte.

Zu ihrer Linken der Trödler, das Kult-Bistro des Dorfes, der Treffpunkt für Jung und Alt, der Mittelpunkt des Geschehens. Wer etwas erfahren wollte, ging zum Trödler. Wer etwas zu erzählen hatte, auch. Ein uriges Bistro mit den besten Cocktails weit und breit. Früher gab es eine Runde Schnaps, also Willi für alle, heute Amaretto, Baileys, Whisky, Whiskey, glutenfrei, laktosefrei und natürlich – für die, sie es so wollten – alkoholfrei. Wenn man dem Chor eine Runde spendierte, war der Kassenbon dafür länger als die Auffahrt hinterm Haus.

Dolores hastete an den Fenstern der Gaststube vorbei. Eben wegen dieser sagenhaft guten Cocktails war sie zu spät dran. Drei Pina Colada mit den Leuten vom Chor waren schon grenzwertig und dann spendierte Karl anlässlich der Geburt seines Sohnes Karl Junior Erdbeerlimes für das ganze Lokal. Mehrere Flaschen. „Reiner", sagte Karl und knallte dabei einen grünen Schein auf den Tresen,

„Erdbeerlimes für alle. Kindsbier quasi, bloß ohne Bier. Für mich ein Wasser, mir ist nicht so."

Ablehnen wäre unhöflich gewesen, vor allem, weil Karlchen schon einige Monate alt war und der Karl sich hatte durchringen müssen, die Geburt dieses Kindes zu feiern. Er war auch nicht bis zum Schluss geblieben. Als Dolores sich – wankend und lallend und schwindelig im Kopf – für die spendierten Getränke bedanken wollte, war er nirgendwo zu finden.

Sie hörte etwas rascheln und entdeckte *das Medium* hinter einem großen Pflanztrog. Die rüstige Dame im bunten Flatterkleid hielt ein Pendel über eine kümmerliche Tulpenansammlung und summte leise vor sich hin. Dolores hätte den Kopf geschüttelt, wenn es nicht ein so alltäglicher Anblick gewesen wäre. Das Medium befragte alle Pflanzen im Dorf, ob sie sich an ihrem Standort wohlfühlten, ob sie Dünger brauchten oder mehr Wasser oder einen Rückschnitt. Mit dem Pendel fragte sie, immer mit dem Pendel. Darüber hätte Dolores gleich nochmal den Kopf schütteln können, aber die Blumen, Büsche und Sträucher, die das Medium betreute, waren die schönsten im ganzen Dorf. Irgendwas war an der Sache mit dem Pendel dran.

Ihr Kopf tat weh. Dolores bremste ab, denn die Hauptstraße lag vor ihr. Das Gehirn drückte von innen gegen die Schädelvorderseite und verursachte ein heftiges Stechen, das mit Blitzen vor den Augen einherging. Dolores kniff kurz die Augen zusammen, ehe sie nach links und rechts schaute. Das war reine Gewohnheit, dieses Schauen in beide Richtungen, denn normalerweise kam Sonntagfrüh kein Auto diese Straße entlang. Auch heute kam kein Auto, dafür sah sie am Maibaum auf der anderen Straßenseite eine Gruppe von Leuten stehen, die miteinander tuschelten.

„Der Wolfi", stellte Dolores murmelnd fest. „Die Gitta ist auch da und der Peter. Na, dann geht die nächste Runde jedenfalls nicht auf meine Kosten. Knödel, Glück gehabt." Sie machte einen tiefen Atemzug.

In dem großen runden Glas, das sie mit sich schleppte, zog ihr Zwergkugelfisch Knödel zwei schnelle Runden, ehe er sich vorn am Glas die Nase plattdrückte und zu den Leuten unterm Maibaum schaute. Er hatte verdammt gute Augen.

Dolores überquerte die Straße. Sie sollte rasch in die Kirche gehen und so tun, als wäre sie absolut pünktlich gewesen. Sollten Wolfi, Gitta und Peter unter sich ausmachen, wer der letzte war und eine Runde ausgeben musste! Der Peter, dieser Korinthenkacker, hatte eh noch nie zahlen müssen.

Ihre Neugier jedoch siegte, besonders, weil Pater Notker bei der Gruppe stand und inbrünstig betete. Sein braunes Mönchsgewand, stellte sie ein bisschen irritiert fest, war schon wieder etwas zu kurz, dabei hatte er erst zu Weihnachten neue Gewänder bestellt. Die Rechnung dafür war irgendwie im Netz gelandet und hatte ihrer Höhe wegen für große Empörung gesorgt. So viel Geld für so ein schlichtes Gewand.

Gerade als Gitta etwas in Peters Ohr flüstern wollte, entdeckte sie Dolores und schrie auf. „Dolores! Dolores, was für ein Glück, dass du kommst." Sie tippte auf ihr Handgelenkt. „Du bist fei zu spät für die Chorprobe. Brauchst dich nicht rausreden wollen, die nächste Runde geht auf jeden Fall auf deinen Deckel. Weil, wir stehen ja schon eine ganze Weile so beieinander."

Dolores hätte sich den Schädel gehalten, wo bei jedem Ton ein rasender Kopfschmerz durch die Gehirnwindungen schoss, wenn sie nicht Knödels Glas hätte tragen müssen.

Gitta beugte sich leicht nach vorn und stupste mit

dem Finger gegen das Glas. „Servus, Knödel, wie es aussieht, bist du um einiges fitter als dein Frauchen. Ist spät geworden, gestern, nicht wahr? Wann wart ihr denn daheim? Ja, wann hat sie dich kleines Fischlein denn ins Aquarium zurückgelassen?"

Diese Frage galt natürlich nicht dem Zwergkugelfisch, sondern Dolores. „Zwei", sagte sie mit brüchiger, knarziger Stimme. „Ich glaube, es war so gegen zwei."

Peter schnaubte in ein Taschentuch und knuddelte es zurück in seinen Ärmel. „Woischd, s'war wohl eher gegen halb vier, vier."

„Halb vier, vier", äffte ihn Dolores nach. „Ja, kann auch halb vier, vier gewesen sein. Auf jeden Fall tut mir der Kopf furchtbar weh und ich habe keine Kopfwehtablette dabei. Meine Stimme klingt wie ein Reibeisen. Ihr werdet heute keine Freude mit meiner Singerei haben."

Gitta, Peter und Wolfi tauschten Blicke. Lange, eingehende Blicke. Gitta knibbelte an ihren Fingernägeln herum, die ohnehin sehr kurz waren. Wolfi stupste Pater Notker den Ellbogen in die Seite, aber der Pater betete unbeirrt weiter.

Eindeutig war hier etwas faul. Dolores schaute von einem zum anderen. Sie spürte ein Ziehen in der

Schulter und beschloss Knödel abzustellen. Nur wenig entfernt stand eine Hausbank und dort wurde Knödel nun geparkt.

„Was", fragte Dolores ernst, „ist los mit euch?"

Gitta zog eine Grimasse wie bei schlimmem Bauchweh und deutete mit dem Daumen über ihre Schulter. Dort stand der Maibaum, es gab die Straße zum Dorfladen hinunter, den Pfarrhof und eben der Rest der Hauptstraße. Nichts, was Dolores nicht kannte, und nichts, was irgendwie ungewöhnlich aussah. Sie zuckte die Schultern. „Und?"

Gitta verstärkte ihre Geste und deutete zweimal heftig mit dem Daumen hinter sich. Dabei machte sie leise Grunzgeräusche.

Peter, der ganzjährig unter Heuschnupfen und anderen Allergien litt, schniefte laut und deutlich. Er war kleiner und dicker als Dolores, mit einer Glatze und schlecht rasiertem Drei-Tage-Bart. Ohne lange zu zaudern, nahm er Dolores' Gesicht in die Hände und bog ihren Kopf nach vorn. Ihr Blick glitt nach unten auf den asphaltierten Platz rund um den Maibaum.

Eine leergerauchte rote Zigarettenschachtel wartete zusammengeknautscht auf den Wurf in einen Abfalleimer, der einzige Müll, der herumlag. Weil

Ostersonntag war, hatte man den Platz gefegt und alles Streugut, das vom Winter übrig war, weggeschafft. Nur die leere Zigarettenschachtel lag da.

Dolores stand der Sonne zugewandt. Ostersonntag. Ein sonniger Ostersonntag. Sie sah auf dem Asphalt den Schatten des Maibaums, wie gewöhnlich. Nein, nicht wie gewöhnlich. Der Schatten zeigte eindeutig den Maibaum mit den Schildern der örtlichen Vereine zu beiden Seiten, aber da war noch etwas. Ein weiterer Schatten, ein dunkler Fleck, der Dolores eine Gänsehaut über den Rücken jagte. Ihr Kopf schoss in die Höhe und sie starrte den Maibaum an. Eine Leiche!

„…in Ewigkeit, Amen", sprach Pater Notker. „Möge die arme Seele Frieden finden und der Herr ihm alle Sünden vergeben. Gegrüßet seist du, Maria…" Er begann ein weiteres Gebet.

Dolores hatte vor Schreck die Hand vor den Mund geschlagen und die Luft angehalten. Nun atmete sie mühsam aus. „Das ist ja der Karl, unser Tenor!"

Gitta tat einen schweren Seufzer und nickte ernst. Sie, die sonst den Mund nicht leicht halten konnte, schwieg. Sie steckte die Hände tief in die Taschen ihrer Kittelschürze.

Ein Motorengeräusch ließ alle aufhorchen. Die Hauptstraße entlang kam ein Porsche gefahren, ziemlich langsam, dafür mit sehr lauter Rock-Musik. Als er an ihnen vorbeituckerte, hob Stefan zum Gruß die Hand. Neben ihm saß Alwin, offensichtlich total betrunken, und er hatte einen Joint in der Hand. Aus dem offenen Fenster wehte eine Wolke, die sehr süß duftete. Alwin bemerkte Dolores, lachte und grinste übers ganze Gesicht. Er streckte ihr den Arm entgegen, Zeige- und kleiner Finger von der Faust abgespreizt und brüllte aus voller Kehle: „Iron Maiden!"

Dolores grüßte mit einer Handbewegung zurück. Gestern hatte es, obwohl Karsamstag war, in der Stadt eine Rock-Tribute-Party gegeben und natürlich waren Stefan und Alwin dort mit von der Partie.

„Heim um sieben", schüttelte Gitta den Kopf. „Also, die Jugend von heute… Sowas hätte es zu meiner Zeit nicht gegeben."

Peter winkte dem Porsche selig lächelnd hinterher. „Rechd hen se. Obwoll ich de Eiron Meden eä zu em Mäddl zähle ded…" Als er Gittas missbilligenden Blick bemerkte, wurde er sofort wieder ernst und er wechselte sofort zurück ins Hochdeutsche. „Der Karl, ja, ja, unser Karl. Der beste Tenor, woischd, den wir je hatten."

„Gegrüßet seist du, Maria…", begann Pater Notker eine neue Gebetsrunde. Er hatte einen Rosenkranz um seine Hände gewickelt und ließ Perle um Perle durch seine Finger gleiten.

Ein Windstoß brachte Dolores' Haar in Bewegung und die Leiche zum Baumeln. Sie roch einen Hauch von Salz und spürte ungewöhnliche Wärme. „Fön", stellte sie fest. „Vielleicht kommt mein Kopfweh daher."

Wolfi schnaubte. „Das kommt schon vom Saufen, genau wie mein Brummschädel auch. Da quält man sich aus dem Bett, frühmorgens am Ostersonntag, um in der Kirche den Begleitchor für unseren ach so tollen Star-Tenor zu geben, und dann hängt der Depp am Maibaum und ist tot."

Mit strengem Blick schaute Pater Notker von seinem Rosenkranz hoch. „Heilige Maria, Mutter Gottes!"

„Ist doch wahr", brummte Wolfi. „So ein Arschloch. Ausgerechnet jetzt."

„Möchte anmerken", sagte Pater Notker, „es ist zwar früh am heiligen Ostersonntag, aber die richtige, wahrhaftige Ostermesse fand bereits vor vier Stunden statt. Die Familie Setzer hat die Gelegenheit genutzt, um den kleinen Benedikt taufen zu lassen.

Eine Taufe in der Osternacht ist immer ein sehr ergreifendes Ereignis."

Vielleicht, überlegte Dolores, war es ergreifend genug, um den kleinen Schreihals eine Weile zum Schweigen zu bringen. Das Kind war drei Monate alt und in einem anderen Zustand als lauthals brüllend hatte Dolores es nie gesehen.

„War er da schon tot?", fragte Dolores.

Pater Notker bekreuzigte sich. „Gott bewahre, der kleine Benedikt erfreut sich hoffentlich bester Gesundheit."

„Nein." Dolores zeigte auf den toten Karl. „Ob er da schon tot war."

Gitta schnaufte scharf ein. Sie hatte Lockenwickler in den feuchten Haaren, die mit einem Kopftuch abgedeckt waren. Anscheinend war sie schon länger auf heute früh, denn das Kopftuch war an manchen Stellen schon getrocknet. „Meinst", zischte sie, „wir lassen den stundenlang tot am Maibaum hängen, bloß damit nichts den Gottesdienst in der Osternacht stört? Also, Dolores, wofür hältst du uns?"

Wolfi hatte genug vom Stehen. Er ging zur Hausbank, wo Knödel stand, und setzte sich vorsichtig auf die wackelige Konstruktion. „Wahrscheinlich", sinnierte er, „hat die Dolores da schon ihre Erfahrungen gemacht." Er hob den Zeigefinger, als Gitta ihn unterbrechen wollte. „Denk an den Masskrugmord anno dazumal. Da hätte gleich die Polizei geholt gehört, aber damit unsere besten Dorf-Läufer beim Nachtmarathon mitrennen und wichtige Punkte sammeln können und nicht im Polizei-Verhör festsitzen, hat man die Polizei erst gerufen, als die Dolores die Täterin ermittelt hatte. Diese rabiate Busfahrerin, dieses Prackl-Weib, könnt ihr euch erinnern? Nachtmarathon vor Polizei, Punkte im Sport vor Verbrechensbekämpfung." Er winkte mit einer weiten Armbewegung ab. „So läuft das bei uns im Dorf. Genau wie letztes Jahr im Herbst, wo diese damische Nudel wild in der Gegend rumgeballert hat. Genau hier beim Rathaus. Der Stefan mit seinem Porsche war auch verdächtig, könnt ihr euch erinnern? Also, der Stefan mit dem alten Porsche. Hat ja einen neuen gekriegt, weil im alten irgendwas mit der Elektronik kaputt war. Der Mord, letztes Jahr, ich weiß es ganz genau, das war die... die... die damische Nudel halt. Damisch wie die Würstel, die sie verkauft hat. Mei, schade. Seitdem hat der Metzger wegen Personalmangel vier Tage die Woche zu."

Peter nahm Nasenspray. Er sprühte sich jeweils einen Stoß in jedes Nasenloch und begann sofort mit heftigem Hochziehen. „Da hat er schon recht, woischd. Meistens wird die Polizei erst geholt, wenn's keine Fragen mehr gibt." Er zog die Nase lauter und länger hoch als man für möglich gehalten hätte.

„Perfekt!" Gitta klatschte triumphierend in die Hände und machte gleichzeitig ein saures Gesicht. „Du bist ein ganz schönes Ferkel mit deiner Rotzerei. Also rufen wir jetzt gleich die Polizei an, weil's ja keine Fragen mehr braucht. Offensichtlich hat der Karl sich am Maibaum aufgehängt. Suizid." Sie schaute ernst nickend von einem zum nächsten. „Selbstmord."

„Herr im Himmel!", stieß Pater Notker aus. „Vater unser im Himmel…" Auf seiner kahlen Stirn und dem haarlosen Schädel bildeten sich kleine Tröpfchen. Er war das Gegenteil von fit und kämpfte bei der geringsten Anstrengung mit üblen Schweißausbrüchen und Kurzatmigkeit. Eine Runde Rosenkranz war ihm anscheinend schon zu viel.

Mit verschränkten Armen schaute Wolfi hoch zur Leiche, deren Füße gute zwei Meter über dem Boden im Fön schaukelten. „Suizid. So, so. Knödel, was meinst?"

Grundsätzlich wohnte Knödel, der Zwergkugelfisch, in einem geräumigen Aquarium, zusammen mit seinem langjährigen Zwergkugelfischfreund Streifchen und einem Schwarm dämlicher Neonbarben. Irgendwann hatte Dolores Gräber bemerkt, wie neugierig die beiden Zwergkugelfische waren. Besonders Knödel, der vom vielen Schneckenfressen tatsächlich kugelrund wie ein Knödel war, zeigte großes Interesse an allem, was außerhalb des Aquariums passierte. Einmal tauchte Dolores einen großen Messbecher ins Becken und Knödel schwamm sofort hinein. Sie stellte den Messbecher ans Fenster, damit Knödel rausschauen konnte, und sie hatte den Eindruck, es gefalle dem Kugelfisch. Sie besorgte ein rundes Goldfischglas, ließ Knödel hineinschwimmen und begann ihn im Dorf spazieren zu tragen und sie nahm ihn auch zur wöchentlichen Chorprobe mit.

„Weißt", sagte Wolfi zu Knödel im Glas, „zweifellos hängt der Karl am Maibaum und tot ist er auch, zweifellos, aber ob er sich aufgehängt hat? Selber? Ganz allein?"

Knödel schwamm rasch mehrere Runden hintereinander, ein Verhalten, das von Dolores und allen, die Knödel kannten, als Ablehnung interpretiert wurde. Wenn Knödel zustimmte, kam er ruhig nach vorn ans Glas und verharrte dort.

„Siehst!" Wolfi zeigte auf das Spazierglas. „Dein Fisch, Dolores, hat auch seine Zweifel an der Suizid-Theorie."

Gitta stampfte mit dem Fuß auf. „Der Knödel ist ein Fisch! Ein süßer Fisch zwar, aber immer noch ein Fisch mit allerhöchstens einem Hirn wie ein Spatz! Wie soll der Karl denn an den Maibaum gekommen sein, wenn er sich nicht selbst aufgehängt hat? Meinst, da geht nachts einer umher und knüpft die Leute auf?"

„Genau", nickte Wolfi.

Gitta schnaubte.

„Ganz genau", wiederholte Wolfi. „Weil…" Er hob dramatisch mahnend den Zeigefinger in die Höhe. „Wie soll er sich selber denn aufgehängt haben? Es ist überhaupt nichts rundum zu sehen, wo er hätte draufsteigen können. Keine Leiter, keine Kiste, nichts."

Gitta schickte ihm einen Fluch entgegen, bevor sie zu dem Geländer trat, das den Maibaum von der Hauptstraße trennte. Sie klopfte auf den obersten Querbalken. „Da ist er draufgestiegen, keine Frage, und runtergesprungen. Schon hängt er am Maibaum."

Pater Notker fand kein Ende im Beten. Er hatte den Rosenkranz bestimmt schon mehrfach durch. „Hand an sich legen, Herr im Himmel, erbarme Dich, Hand an sich legen, Gott erbarme Dich. Möge der Herr dieser armen Seele gnädig sein."

„Amen." Gitta stemmte die Hände in die Hüften. „Der hat sich aufgehängt, weil er beim *Superstar* überhaupt nicht punkten konnte. War doch im Fernsehen, ganz groß, wie der Karl vorgesungen hat und ihn alle ausgebuht haben. Die Jury hat ihn postwendend heimgeschickt, unseren Startenor."

Wolfi grunzte. „Geh weiter, wegen so einem Schmarrn bringt man sich nicht um."

„Eine Blamage war es!"

„Schmarrn!"

Jetzt grunzte Gitta. „Gut, dann halt wegen der Schulen, die ihm über den Kopf gewachsen sind und weil er kurz davor steht seine Zimmerei zu verlieren. Die Zimmerei, die er von seinem Vater selig übernommen hat. Verzweiflung. Schiere Verzweiflung. Wegen so was hängen sich die Leute schon auf." Sie schaute auf ihre Uhr. „Ich telefoniere jetzt nach der Polizei und wenn die da sind, können wir endlich in die Kirche gehen. Um zehn ist Gottesdienst und wir wollten vorher den Kanon üben." Sie fischte in ihrer Handtasche nach dem Handy.

„Kanon!", stieß Wolfi aus. „Den können wir schon üben und singen auch, aber mit dem Solo wird es nichts. Der Tenor hängt nämlich ziemlich durch."

„Ach so. Ja." Gitta zuckte die Schultern. „Dann singen wir halt *Das Grab ist leer*, das ist nicht so altbacken wie die anderen Lieder."

„Altbacken", tadelte Pater Notker. „Wo der Herr ist, ist Ewigkeit. Kein Frohlocken, kein Hosianna kann je altbacken sein."

„Kann's schon", widersprach Gitta. „Haben Sie mal auf die Texte gehört? Altmodischer geht es kaum. Da sind Wörter drin, die kennt nicht mal meine Großmutter."

Pater Notker begann mit dem Zeigefinger zu wackeln. „Frau Gitta, Frau Gitta, es geziemt sich nicht blasphemische Kommentare abzugeben oder gegen die ehrwürdige Mutter Kirche zu wettern."

„Großmutter Kirche…" Gitta rollte mit den Augen und suchte mit ihrem Handy nach Empfang. In der Dorfmitte sah es damit schlecht aus, sofern man nicht einen ganz bestimmten Anbieter hatte. „Ich hab eh keine Lust auf den Kanon, wo ich bloß Hintergrundmusik für den Startenor bin. Seit dreißig Jahren singe ich im Kirchenchor, da bin ich schon was Besseres als bloß Hintergrund für einen hochnäsigen Gockel, der beim *Superstar* nicht mal die Vorrunde gepackt hat."

„Von mir aus." Wolfi holte Tabak aus seiner Tasche und begann sich eine Zigarette zu drehen, jedenfalls hofften alle, es war eine gewöhnliche Zigarette mit normalem Tabak. „Singen wir halt vom leeren Grab. Wir können das vierte Lied meinetwegen auch ganz weglassen, wird der Gottesdienst nicht so elend lang."

Sofort drehte sich Pater Notker zu ihm herum und drohte mit dem Zeigefinger. „Herr Wolfi, schlagen Sie bitte nicht in dieselbe Kerbe wie die verderbte Frau Gitta. Der feierliche Gottesdienst anlässlich des Osterfestes kann gar nicht lang genug sein. Es ist eine Freude, dieses göttliche Ereignis, dieses Wunder mit immer neuen Lobliedern zu besingen."

„Go, tell it on the mountain!", warf Peter hustend ein. „Woischd, das wollte ich schon längst einmal singen. Fröhlicher geht es kaum und es bringt ein bissle Pepp in die ganze Sache."

Pater Notker schnaubte. „Neumoderner Firlefanz!"

„Ich hab kein Netz", jammerte Gitta. „Gestern war noch eins da, jetzt ist es weg."

„Gestern hast du dich in meinen Hotspot eingewählt", brummte Wolfi. „Dein Handy hat nie Empfang im Dorf."

„Hat es wohl, das ist ein ganz ausgezeichneter Vertrag. Wenn ich in der Arbeit bin, geht es immer." Gitta schnitt ihm eine Grimasse.

Wolfi rollte mit den Augen. „Weil München abgedeckt ist von deinem Null-acht-fuffzehn-Anbieter, aber unser Dorf halt nicht." Er zeigte rüber zur Gemeinde, hinter der, in einem Kilometer Entfernung und weit außerhalb des Dorfes, ein Sendemast auf einem Hügel stand. „Musst schon zum einzig wahren Anbieter wechseln, wennst hier im Dorf Empfang haben willst. Oder ist dir der zu teuer? Bist knapp bei Kasse?"

„Also…", holte Gitta empört Luft, aber Peter schoss plötzlich vor und entriss ihr das Handy. „Momentle! Keine Polizei. Um Gottes Willen, bloß keine Polizei. Woischd, der Schnecken-Simon hat Dienst und bis der da ist, kann's fei dauern."

„Siehst", lachte Wolfi mit dem Joint im Mundwinkel und dabei schlug er sich auf die Schenkel. „Jetzt ist es ihm eingefallen. Fiat lux."

„Woischd, ich hab einen Panda, keinen Lux." Peter nieste in sein Taschentuch. „Habt ihr es vergessen? Es kommt doch heute das Fernsehteam wegen der Übertragung des Gottesdienstes. Live! Das ganze Land kriegt unsere Kirche zu sehen, unseren Gottesdienst. Deswegen üben wir ja seit einer Woche wie verrückt und der Pfarrgemeinderat hat Vorbeter abbestellt, damit nix schiefgeht mit Aufstehen, Hinsetzen, Knien."

Vor lauter Kopfschmerzen und Leiche hatte Dolores das Fernsehteam völlig vergessen. „Stimmt", sagte sie. „Die haben ja schon die Beleuchtung und die Mikrophone und alles andere aufgebaut. Mist, ich hab die schwarze Hose in die Waschmaschine gesteckt."

Gittas Blick ging erneut zur Kirchturmuhr hoch. „Jetzt ist es kurz nach sieben. Das ist genug Zeit, um die Hose in den Trockner zu stecken, weil mit dieser blauen Hose kannst du unmöglich im Fernsehen singen. Sieht doch jeder den Unterschied zwischen schwarz und dunkelblau und wenn die Polizei sofort kommt, ist der Karl verräumt, bevor das ganze Dorf sich hier tummelt und das Fernsehen kommt." Sie schaute streng in die Runde. „Es gibt nämlich keine offenen Fragen mehr. Geländer, Strick, Suizid,

25

Punkt."

In seinem Spazierglas drehte Knödel wie mit Turbo-Antrieb eine Runde nach der anderen. Es gab sogar Wellen im Glas. Er hatte verdammt gute Ohren.

„Unstimmigkeiten, Mord, Punkt." Peter wedelte mit der Hand die Düfte weg, die Wolfis Joint gelassen verteilte. „Woischd, nie im Leben hätte der Karl es geschafft, sich erst den Strick um den Hals zu legen, dann aufs Geländer zu steigen und schließlich höher zu hängen als das Geländer überhaupt ist. Seht ihr es nicht, seine Füße befinden sich zwei Meter über dem Boden, er kann nicht vom Geländer gesprungen sein. Sich allein in so eine Lage zu bringen, ist mathematisch unmöglich."

„Mathe!", zischte Gitta. „Da war bei mir einiges Unmöglich und trotzdem hat's der Lehrer angestrichen."

„Woischd", hustete Peter, „ich bin Ingenieur und kenne mich aus. So, wie der Karl da hängt, hat den jemand hochgezogen. Die Frage ist nur, wer?"

Dolores kratzte sich nachdenklich am Kopf. „Die Frage ist vielmehr, war der Karl bereits tot, als er aufgehängt wurde?"

Alle drei schauten erst sie mit großen Augen an und dann einander. Pater Notker schlug mehrere

Kreuzzeichen und betete weiter, Wolfi schüttelte missbilligend den Kopf. „Meinst, der lässt sich lebendig aufhängen? Du, Dolores, dein Fall wird immer mysteriöser. Wie soll das denn gehen? Lebendig aufgehängt werden? Ich kann fei keine Spuren eines Kampfes entdecken ringsum und freiwillig wird er sich nicht haben aufhängen lassen... hat aufhängen lassen... aufhängen lassen haben... Ihr wisst schon, was ich meine. Zefix, ist das Gras stark."

Dolores trat näher an den Toten heran. Sie hatte ihre Handtasche dabei und in dieser befand sich ihr Tablet. Sie machte ein Foto und vergrößerte mit zwei Fingern Karls lebloses Gesicht. „Bei typischem Erhängen", sagte sie, „und es handelt sich zweifellos um ein typisches Erhängen, muss es nicht zwangsläufig zu Einblutungen in den Augen kommen. Man sieht hier ganz deutlich Karls klare weiße Augäpfel unter den halbgeschlossenen Lidern."

Gitta stampfte mit dem Fuß auf. „Also hat er sich selbst erhängt. Typisch!"

Dolores wiegte den Kopf leicht hin und her. „Typisches Erhängen ist selten und dann auch noch ohne Einblutungen und ohne das übliche unwillkürliche Absetzen von Kot oder Urin?"

„Stimmt!", lachte Wolfi mit kugelrunden Augen. „Eingeschissen hat er sich nicht. Sonst hat er gern Scheißdreck fabriziert, aber diesmal nicht."

Wie auf ein Stichwort schauten alle hoch zu Karl, der weit über ihnen hing. Sogar Pater Notker linste unter halb geschlossenen Augen hervor. „In dem Moment, in dem Gevatter Tod nach einer Seele greift, ist der Körper nicht mehr Herr im eigenen Haus."

„Außerdem", sagte Dolores, „hat er etwas um den Mund verschmiert. Das könnten Reste von Erbrochenem sein."

„Mei", seufzte Gitta, „der ist halt gestorben und mit dem letzten Japser hat er speim müssen und…" Sie stockte. „… und…" Sie ruderte mit den Händen, als würden die Worte ihren Weg damit finden können.

„Sag es, wie es ist", schlug Wolfi vor. „Das Einscheißen hat er nicht hingekriegt. Der hat mehr nicht hingekriegt in letzter Zeit, der fadenscheinige Lump. Bloß zur Hälfte aller Chorproben kommen, weil er für den Fernsehauftritt proben muss, und mit seiner Zimmerei ist es ja auch krummbach zugegangen."

Pater Notker bekreuzigte sich und Peter kratzte sich heftig die Glatze. „Woischd, allergischer

Hautausschlag. Leider. Mit dem Schnaufen tu ich mir heute auch schwer. Es fliegt wohl was."

„Die unwillkürliche Abgabe von Stuhl und Urin", erklärte Dolores, „ist beim Tod durch Erhängen üblich. Das Fehlen eines üblichen Vorgangs verweist auf ein anderes Geschehen."

Wolfi lachte wieder auf. „Vollgekotzt, immerhin. Der eitle Gockel hätte sich nicht aufhängen lassen, wenn er gewusst hätte, wie beschissen seine Leiche aussieht."

„Hätte sich nicht aufgehängt", widersprach Gitta. „Das ist doch noch ein Beweis für den Selbstmord." Sie zählte an den Fingern auf. „Schulden, höher als die Aidlinger Höhe. Diese riesige Blamage im Fernsehen. Die Firma weg. Sein kleines Kind ein Depperl, endlich ein Bub, der lang ersehnte Stammhalter für die Zimmerei, aber ein Depperl und ein Krüppel. Der wird nie einen Hammer schwingen können, geschweige denn auf den Dächern rumspazieren. Deswegen gibt es ja immer öfter Streit mit seiner besseren Hälfte. Mei, die streiten ganz schön viel und immer mehr und immer lauter. Das sind alles Gründe, warum Menschen sich das Leben nehmen. Der Karl war eitel, arrogant und selbstgefällig. So einen Charakter schmeißt es aus der Bahn, wenn die Schulden zu viel werden und Ansehen und Existenz weg sind und dann auch noch so ein Depperl auf die Welt kommt. Er wollte ja unbedingt ein zweites Kind, weil er einen Sohn wollte, einen Erben für die Zimmerei, aber dann war die Gundula schwanger mit dem behinderten Kind und wegmachen lassen wollte sie es nicht. Da sieht so ein möchte gern erfolgsverwöhnter Lebemann keinen anderen Ausweg als Suizid." Sie verschränkte die Arme und stampfte mit dem Fuß auf. „Ihr könnt sagen, was ihr wollt, für mich ist das ein astreiner Suizid."

„Für mich", sagte Dolores, bevor die anderen ihr widersprechen konnten, „nicht unbedingt. Das Erbrochene passt nicht dazu. Ein Körper in dieser Lage erbricht nicht. Kot und Urin, ja, aber erbrochen wird nicht." Sie schaute zu Knödel, der ihren Ausführungen vorne am Glas aufmerksam lauschte. „Außerdem", fügte sie hinzu, „wenn er sich übergeben hat, warum finden wir hier nirgendwo die Spuren?" Sie zeigte nach drüben zum Bistro. „Gar nicht selten übergeben sich Gäste, die ihre Alkohollast falsch eingeschätzt haben, in der Nähe des Trödlers. Glaubt mir, diese Spuren kann man deutlich sehen und eine Weile lang auch riechen."

Mit hochgezogenen Schultern schaute Peter sich um. „Woischd, mir fällt nix auf, wo einer hätte hinspeien können. Herrschaft, ich find mein Asthmaspray nicht."

Dolores tippte auf ihrem Tablet herum und rief eine App auf, wo sie sich Notizen machen konnte. „Fangen wir an. Wer von euch hat den Karl zuletzt gesehen und wo könnte er heute Nacht gewesen sein? Hat er an der Ostermesse teilgenommen?"

„Sackelzement!", empörte sich Gitta. „Sind wir jetzt verdächtig? Verdächtigst du uns, bloß weil wir den Karl gefunden haben? Du, Dolores, das ist fei eine besondere bodenlose Frechheit! Wir stehen bloß deswegen hier rum, weil wir in die Kirche wollten. Zum Chor! Zu dem du übrigens viel zu spät gekommen bist. Die nächste Runde geht fei sowas von auf dich. Brauchst dich gar nicht rausreden wollen!"

Wolfi schnaubte sie an. „Krieg dich wieder ein. Die Dolores macht bloß ihren Job. Du willst schließlich genauso, dass die Sache geklärt ist, bevor das Fernsehteam kommt."

„Jo", nieste Peter. „Woischd, s'isch bessä, ma kommed wechana langweilige Mess inne Fernsehä alswie midaram hindalischdiche Modd." Manchmal, wenn ihn die Allergien arg quälten, schaltete er von Hochdeutsch ins Fränkische um.

Eine Weile dachten alle nach, schließlich schüttelte Pater Notker den Kopf. „Nun denn, um der Gerechtigkeit zum Siege zu verhelfen, werde ich den ersten Schritt tun. Ich kann es nicht gutheißen, Frau Dolores, diese Ihre Ermittlungen, doch möchte ich auf keinen Fall ein eventuelles Verbrechen decken. Frau Dolores, der Karl hätte zusammen mit dem Berthold der Taufpate vom kleinen Benedikt sein sollen, heute Nacht bei der Ostermesse. Er hat sich jedoch kurzfristig krankgemeldet. Ihm sei nicht gut, er hätte es am Magen und man möge bitte, bitte, die Heilige Taufe nicht absagen oder verschieben, sondern einfach ohne ihn abhalten. Der Berthold als alleiniger Taufpate reiche schließlich auch vollkommen aus." Pater Notker machte einen tiefen Atemzug. Er war ein fülliger Mann und schnell außer Atem bei der kleinsten Anstrengung und für ihn war selbst das Herumstehen anstrengend. Er tupfte sich mit einem Taschentuch das Gesicht ab. „Die Eltern des kleinen Benedikt waren untröstlich, weil sie den Karl so gerne als Paten gehabt hätten, aber wissen Sie, Frau Dolores, so eine Taufe ist ja organisiert und alles vorbereitet und die Gäste waren bestellt. Man hat nichts abgesagt, sondern die Taufe vollzogen. Auch, weil die nächste Osternacht erst in einem Jahr ist und so lange wollten die Eltern mit der Heiligen Taufe Gott sei Dank nicht warten." Gittas Augen kullerten im Kopf herum, als würden sie nie wieder Halt finden. „So gerne als Paten gehabt", äffte sie den Pater nach. „Ja, freilich, die Eltern des kleinen Benedikt hätten den Karl ja ach so gerne als Paten gehabt. Den Scheiß glauben Sie selber nicht!" Gitta kam näher zu Dolores und hob den Finger wie zum Diktat. „Schreib es auf, Dolores, die Stelzers haben den Karl bloß deswegen zum Paten bestimmt, weil die alte Bissgurken von Großmutter das so wollte, die Mutter vom Karl und der Katja. Die grantige Hexe wollte den Karl als Paten für den kleinen Benedikt, obwohl der Karl seit Jahren kein Wort mehr mit seiner Schwester spricht. Schreib das auf, Dolores, schreib das alles auf."

Dolores notierte sich die Namen mit einer kurzen Notiz dahinter. „Der Berthold ist nun also der Taufpate vom Kleinen?"

„Berthold, ja, ja", schnaufte der Pater erschöpft. „Nicht meine erste Wahl, denn es handelt sich eher um ein dunkelgraues Schaf in meiner Herde, aber wenn die Eltern es wünschen…" Er schielte zur

Hausbank hinüber, wo der Wolfi neben dem Kugelfischglas saß. Für den Pater war kein Platz mehr. „Übrigens", fiel es dem Pater ein, „vielleicht ist es ein Hinweis, der wichtig sein könnte, der Karl hat nicht vom eigenen Handy angerufen, sondern vom Handy der Theodora aus."

Gitta schnappte nach Luft. „Theodora! Die Dorf-Schlampe!"

„Bitte, bitte!"

„Ist doch wahr!" Gitta stampfte mit dem Fuß auf. „Mei, dann hat der Karl bestimmt was mit der Theodora am Laufen gehabt. So ein Baazi! Daheim sitzt seine Frau – seine Ehefrau! – mit zwei kleinen Kindern und er nimmt sich ein Gspusi! Mistkerl, verdammter! Schlampen, greisliche, so was macht man nicht."

„Bitte, bitte!"

Gitta schnappte immer mehr nach Luft und blies sich auf. „Und Sie!", giftete sie den Pater an, „warum zeigt es Ihnen denn die Nummer von der Theodora an? So eine übergroße Schweinerei! Haben Sie auch was mit der Theodora am Laufen? Diese unsittliche Dorf-Schlampen hat nicht einmal keinen Respekt nicht vor dem Pfarrer!"

„Pater…", wandte Pater Notker ein, aber Gitta in

ihrer Wut ließ sich nicht bremsen und wetterte weiter: „Sie sollen doch ein gutes Vorbild sein für die Sittlichkeit und den Anstand im Ort und dann haben Sie die Nummer von so einer… so einer… Person! Einer Künstlerin! Eingespeichert in Ihrem Handy! Ich hab es ja immer gewusst. Wasser predigen und Wein saufen, so ist es immer mit den Leuten, die ein Vorbild sein sollen. Schämen sollten Sie sich, schämen!"

„A… aber…", stotterte der Pater, „eine Seele in Not…"

„Seele in Not!", schimpfte Gitta weiter. „Die wird ihre liebe Not haben, aber nicht mit ihrem Gewissen, sondern wie sie die ganzen Affären und Liebeleien in ihren Terminkalender presst, diese… diese…" Gitta suchte nach passenden Schimpfworten. „Da können'S gleich noch einen Rosenkranz für die verderbte Seele beten!"

Dolores ignorierte sie. „Woher könnte dem Karl übel gewesen sein? Hat jemand eine Idee?"

„Mei!", stieß Wolfi aus, „woher halt? Wie bei dir und mir halt auch! Gesoffen hat er die halbe Nacht. Die Burschen haben das Osterfeuer höher und größer gebaut als je zuvor und diesen Erfolg haben sie heute Nacht ordentlich gefeiert. Wie immer hat es mit Bier angefangen und ich wette, mit Wodka hat es aufgehört. Haxenspreizer, sage ich bloß."

„Einer", nieste Peter, „hat die Hausbar seiner Oma gestiftet." Er schaute in die Runde. „Woischd... Die alte Frau Meier ist gestorben und der Torben hat mit dem Karl zusammen das Häuschen ausgeräumt. Die Hausbar haben sie natürlich nicht zum Sperrmüll gebracht, die haben sie ans Osterfeuer mit hochgenommen und in Gedenken an die Oma vernichtet."

„Aber", wandte Dolores ein, „Osterfeuer ist erst heute Nacht."

Peter wischte diesen Einwand weg. „Aufgebaut wird seit Tagen und freilich treibt sich die Dorfjugend genauso lange am Hinterfeld herum. Angezündet wird heute, der Durst gelöscht wird jedoch, sobald das erste Holzscheitel liegt. Woischd, s'isch schon anstrengend, so einen gewaltigen Scheiterhaufen aufzubauen." Jeder seiner Atemzüge klang wie eine alte Kinderrassel. „Do duschd fei an gscheide Durschd grieche."

Gitta hatte schlechte Laune bekommen, seitdem ihre Suizid-Theorie vom Tisch zu sein schien und niemand ihren Vorwurf an Pater Notker ernstnehmen wollte. Sie grummelte vor sich hin.

„Mit so einem vollgesoffenen Schädel treibt es die Jugend zu den absonderlichsten Tätigkeiten. Ihr fällt nichts Besseres ein, als Gehirnmasse durch Alkohol zu ersetzen. Die Hausbar der Oma!" Missbilligendes Kopfschütteln ließ sie schwindlig werden. „Die alte Frau Meier hat selbst keinen Tropfen getrunken, da wird eine ganz schöne Menge zusammengekommen sein in all den Jahren, weil weggeworfen hat sie ja auch nichts." Über Gittas Gesicht glitt ein Blitz der Erkenntnis. „Da war bestimmt was nicht mehr gut von den ganzen selbstgemachten Likören, die sie im Lauf der Jahre von der Lotte bekommen hat. Ihr wisst schon, ihre Nachbarin Lotte, die vom Gartenverein, die zu jeder möglichen und unmöglichen Gelegenheit ihren selbstgepanschten Likör verschenkt hat. Verdorbener Alkohol, genau, das wird es sein. Davon war dem Karl schlecht. Die Lotte sollte man fragen." Und ihr fiel noch etwas ein: „Außerdem schimpft die Lotte alles und jeden zusammen, der seine Blumen nicht schön hat, und der Karl hat keine Blumen nicht schön gehabt. Ihr wisst schon, wegen der Ausstellung im Sommer, wo die Presse kommt und der Landesverband und die Honorare."

„Honoratioren", verbesserte Pater Notkler.

„Die großen Viecher halt", nickte Gitta. „Auweh zwick, da ist die Lotte ganz schön unter Strom. Die ist immer unter Strom, aber momentan ist die Voltzahl doppelt so hoch."

Dolores kratzte sich nachdenklich mit dem Stift hinterm Ohr. „Ich weiß nicht recht, was der Gartenverein oder die Lotte mit dem Karl zu schaffen hätten. Blumen? Ich bitte dich, Gitta, keiner stirbt wegen banaler Blumen. Nein, das kann ich mir nicht vorstellen. Wer ist denn fürs Osterfeuer zuständig? Immer noch der Abdullah?"

„Freilich", bestätigte Wolfi. Er saß mit großen Pupillen auf der Hausbank, zog hin und wieder an dem, was immer offensichtlicher keine Zigarette war, und wankte leicht im Fön. Wann immer er Knödel entdeckte, kicherte er. „Fischlein, Fischlein, Fischlein."

Pater Notker stellte sich direkt in die Dampfwolke des Joints. „Es ist eine herzerquickende Wohltat, wie geflüchtete Neuankömmlinge sich ins Dorfleben integrieren und Verantwortung fürs christliche Brauchtum übernehmen."

Darauf kniff Wolfi die Augen fest zusammen. „Neuankömmling. Christlich. Käse!" Er schnalzte mit der Zunge und schob mit gestrecktem Bein den

Pater ein bisschen von sich weg. „Dem Abdullah seine Eltern sind seit zwanzig Jahren hier im Dorf und am Osterfeuer ist nichts christlich, bis auf den Namen. Man hat schon in grauer Vorzeit, also bei den Germanen, zur Tag- und Nachtgleiche im Frühling Feuer entfacht, die den Winter und die dunkle Jahreszeit endgültig vertreiben sollen. Das ist so ein Brauchtum, das sich die Kirche untern Nagel gerissen hat, um überhaupt einen Fuß ins germanische Alltagsleben zu bringen. Anders hätten die Mönche in grauer Vorzeit überhaupt keine Chance gehabt gegen unsere tapferen Vorfahren!"

„Herr Wolfi, Herr Wolfi", tadelte Pater Notker mit dem Finger, „bitte keine blasphemischen Äußerungen. Die Mutter Kirche ist eine mildtätige Fürsorgerin für alle verdunkelten Seelen, die sich mit offenem Herzen jeder düsteren Stunde annimmt."

Wolfi starrte ihn mit aufgerissen Augen und übergroßen Pupillen an. „Bevor Sie die Abgaswolke wegschnaufen, könnten'S auch gleich einen richtigen Zug nehmen? Macht Ihnen vielleicht den Kopf frei und die Gedanken weit? The funk of forty thousand years! Darkness falls across the land..."

„Abdullah", kam Gitta zum Thema zurück, bevor der Kirchenstreit eskalierte. „Ja, der macht alles rund ums Osterfeuer und er weiß vielleicht auch was über den Karl. Die waren sich ja auch nicht ganz grün. Weiß ja jeder, wie die gestritten haben eine Zeitlang." Sie grübelte. „Irgendwer muss der Gundula Bescheid sagen, dass der Karl gestorben ist." Sie blickte schwer seufzend hoch zur Leiche. „Jetzt ist sie ganz allein mit der kleinen ADHS-Prinzessin und dem Depperl. Ach, ich hab ihr gleich gesagt, sie soll das behinderte Kind nicht bekommen. Ganz allein mit zwei kleinen Kindern, von denen eins bloß ein Mädel ist und das andere ein Depperl, das lebenslang Pflege brauchen wird. So was tut man sich doch heutzutage nicht mehr an."

Der Blick, den Pater Notker ihr zukommen ließ, war mehr als vorwurfsvoll. „Gott in Seiner unendlichen Gnade und Weisheit liebt jedes Lebewesen und ganz besonders jene, die uns gewöhnliche Menschen herausfordern. Frau Gitta, der Kleine ist ja so herzig, so allerliebst und herzig. Bei seiner Taufe hat er bloß gelacht."

„Ja, ja", murmelte Gitta. „Sie brauchen sich ja nicht um ihn zu kümmern. Sie müssen nicht nachts aufstehen, weil dem Kleinen seine Beatmungsmaschine viel zu laut rasselt um zu schlafen oder weil er gewendet werden muss.

Wissen Sie, Pater, ein normales Kind geht irgendwann in den Kindergarten, die Schule, die Ausbildung. Da bekommt eine Frau ihr Leben wieder zurück, aber mit diesem Depperl... Der braucht lebenslange Pflege und Hilfe. Lebenslang! Die Gundula ist dieses Jahr nicht einmal dazu gekommen, ihren Buchs für die Palmbuschen zu schneiden oder die Kübel ordentlich zu bepflanzen oder wenigstens einen Topf voll Osterglocken zu kaufen. Keine Sekunde hat die Frau mehr frei. Das war wirklich keine gute Entscheidung von der Gundula, sich dermaßen festzulegen. Heutzutage. Also wirklich. Man kriegt ja auch mit zwei solchen Kindern keinen anderen Mann, wenn der eine … futsch ist." Sie schaute Dolores an. „Soll ich es der Gundula sagen? Immerhin wohnen sie bei uns zur Miete im Haus? Weißt, da kann ich gleich meine Hilfe anbieten in dieser schwierigen Zeit."

Dolores lehnte ab. „Das mache ich besser selbst. Ich möchte sie eh genauer befragen."

„Wo sie war?", lachte Gitta trocken auf. „Daheim halt. Beim Depperl. Den darf man nicht aus den Augen lassen, weil ja was mit seinem Beatmungsschlauch sein könnte. Mei, da wird fei jetzt das Geld nicht mehr reichen für die Miete und den Strom. Unsere Wohnungen vermieten wir zwar viel günstiger als die anderen Halsabschneider, schließlich haben wir ein Herz für die kleinen Leute, aber bloß Kindergeld und Pflegegeld und Witwenrente wird nicht langen. Mei, falls der Karl überhaupt in die Rentenkasse eingezahlt hat als Selbstständiger."

„Geh!", zischte der Wolfi, „die Gundula arbeitet doch längst wieder und wie es mir ausschaut, verdient die fei mehr als der Karl mit seiner Zimmerei oder... oder dein Mann als Hausmeister."

Gitta schob schmollend die Unterlippe vor. „Facility Management, mein lieber Wolfi, mein Mann ist schon lang kein banaler Hausmeister mehr und er verdient gut, jawoll. Wir waren letztes Jahr sogar am Gardasee in Urlaub. Wo seid's es ihr hingefahren? Aachensee, wie immer? Pah!"

„Facility Management", schnaubte der Wolfi abfällig. „Hausmeister bleibt Hausmeister, auch wenn's jetzt Englisch klingt. Und das, was dein Mann im Monat verdient, trägt die Gundula auf die Woche heim. Und ja, am Aachensee war es sehr schön."

Gittas Augen wurden kugelrund. „Meinst?"

Wolfi nickte. „Freilich. Du, das neue Auto, wo das

Beatmungsgerät reinpasst und der Kleine seinen eigenen Sitz hat, das hat die Gundula gekauft und von ihrem Konto bezahlt. Ohne Kredit! Weiß ich von meinem Spezl, der arbeitet im Autohaus."

„Nein!"

„Doch!"

„Und wo warst du heute Nacht?", wollte Dolores wissen.

Gitta schnaubte empört. „Im Bett natürlich." Sie zeigte auf die Kirchenuhr. „Damit ich mir die Haare machen kann und pünktlich um sieben zur Chorprobe fit bin, aber aus der Chorprobe wird ja nichts, weil unser Tenor sich aufgehängt hat. Übrigens genau am Schild vom Gartenverein. Das wird die Lotte rasend machen vor Wut." Sie schüttelte den Kopf. „Mei o mei, da arbeitet die längst wieder und das mit dem Buben! Ich hätte gemeint, die bleibt als Dauerbetreuung daheim beim Depperl. Verdient die wirklich so gut in der Bank? So gut? Weißt du's genau, wie viel das ist? Weißt, interessiert mich schon, so als treusorgende Vermieterin."

„Woischd, da Griffel." Peter stellte diesen Kommentar wie einen Sack Kartoffeln in die Runde. Er schaute ahnungsvoll von einem zum anderen.

„Der Griffel." Er drückte eine Allergietablette aus einem Blister, die dritte oder vierte seit Dolores angekommen war, und schluckte sie trocken. „Der beste Spezl vom Karl. Woischd, wenn einer weiß, ob der Karl an Selbstmord gedacht hat, dann der Griffel. De warend wie zwoi Aaschbagge. Wo einer ist, war der andere nicht weit. Ich würde auch erst dem Griffel Bescheid geben und dann der Gundula. Weil, wenn ihr mich fragt, waren der Griffel und der Karl enger als die Gundula und der Karl. Erst recht seit der Geburt vom Kleinen."

„Vom Depperl", fügte Gitta hinzu. „Soll ich es dem Griffel sagen? Ich weiß, wo er wohnt."

Der Wolfi ließ ein deutliches Brummen hören. „Wir sind hier im Dorf, Gitta. Jeder weiß, wo jeder wohnt."

Pater Notker nickte entschieden. „Also ist es beschlossen. Sie, Frau Dolores, versuchen so bald wie möglich herauszufinden, wer den armen Karl, diese bedauernswerte Seele, in diesen Zustand gebracht hat. Wer und wie und warum. Wir halten solange die Füße still im Gebet und harren der Dinge. Falls Sie Hilfe brauchen… Ich meine, eine Frau kann ja schnell mal Hilfe gebrauchen…" Auf Dolores' bösen Blick hin begann er sofort wieder mit seinem Rosenkranz und diesmal sprach er das Ave Maria auf Latein.

„Ganz genau." Wolfi legte einen tiefenentspannten Singsang an den Tag. „Geh du mal rum und erkundige dich. Ich bleibe solange hier auf der Bank sitzen und halte Wache. Falls jemand kommt, also falls jemand so früh aus dem Bett findet, kümmere ich mich darum."

Peter keuchte. „Wenn es erlaubt ist, gehe ich zurück nach Hause. Ich hab mein Asthmaspray wohl daheim vergessen." Er drehte seine Jackentaschen auf links und suchte durch Nasensprays, Tabletten und benutzte Taschentücher.

Gitta schüttelte tadelnd den Kopf. „Also, wenn jemand so schnupfig ist wie du, muss er sein Zeug immer dabeihaben. Du klingst wie ein kaputter Motor."

„Ich dachte", zog Peter die Nase hoch, „ich hätte alles dabei. Alles." Er nieste. „War gestern bei der Chorprobe und beim Trödler alles in meiner Tasche." Nochmal niesen. „Jetzt ist alles weg. Weg. Die ganze Jacke ist leer, ich hab bloß die Medikamente dabei, die ich in der Hosentasche habe."

„Auweh!" Wolfi winkte ab. „Dann wirst die Jacke

vertauscht haben. Gestern sind zwei so dunkelblaue Jacken beim Trödler am Haken gehängt."

Peter schnäuzte sich. „Das könnte sein… Woischd, ich war ja nicht mehr ganz klar im Kopf, gestern." Er musste husten und hörte sich fürchterlich verschleimt an. „Was meinst, wem die andere Jacke gehört? Ich würde die Jacken schon gern schnellstmöglich zurücktauschen, weil in meiner Jacke mein Asthmaspray drinnen ist und so schleimig, wie sich alles anfühlt, brauche ich es dringend."

„Hast bloß eines davon?", feixte Gitta.

„Weil", nieste Peter heftig, „das ein Vermögen kostet. Woischd, das kann ich mir nicht doppelt kaufen."

Wolfi nahm einen tiefen Zug vom Joint und lehnte sich in der morgendlichen Sonne zurück. „Privat versichert sein, aber wegen der Kosten jammern. Der Abdullah, der hat auch so eine dunkelblaue Jacke. Frag mal den."

Peter lehnte am Geländer zwischen Straße und Maibaum und röchelte. Er schnappte nach Luft. „Guude Idee, woischd, ich muss bloß a wengle a Krafd schöbfe…"

Dolores klappte ihr Tablet zu und steckte es sich in

die Tasche. „Gut, ich melde mich, wenn ich etwas weiß." Sie hob Knödel in seinem Spazierglas hoch und machte sich auf den Weg.

In welche Richtung soll Dolores ermitteln? Wer ist besonders verdächtig und soll zuerst befragt werden?

Gundula   Seite 48
Griffel   Seite 75
Abdullah   Seite 96
Lotte   Seite 122
Torben   Seite 145
Berthold   Seite 170

Obacht! Vorsicht! Die Auflösung beginnt auf Seite 185.

Gundula – Karls Witwe wird befragt

Es war wirklich recht früh am Ostersonntagmorgen und trotzdem hatte Dolores kein schlechtes Gewissen, als sie die Außentreppe hinaufstieg und bei Gundula klingelte. Sie hörte die raschen Schritte tapsiger Kinderfüße und gleichzeitig den scharfen Protest der kleinen Emma: „Schoko-Pops! Schoko-Pops! Ich will Schoko-Pops!" Die fast Dreijährige stampfte und trampelte wie wild. Kein Wunder, wenn bei diesem Radau Gittas Nerven blank lagen. Wer ein derart lebhaftes Kind über sich wohnen hatte, brauchte verdammt gute Nerven oder ein wirksames Schlafmittel.

Vielleicht war bei Emmas Wutausbruch das Türklingeln untergegangen? Dolores hatte Knödels Glas abgestellt und drückte noch einmal den Knopf. Deutlich hörbar machte sich der allseits beliebte Big-Ben-Klingelton breit.

„Ja, ja", hörte man Gundulas Stimme hinter der Tür.

„Hast wieder deinen Schlüssel vergessen? Geh, Emma, lauf mir doch nicht immer unter die Füße wie eine kleine Katze."

„Ich will einen Muffin! Mama, Muffin!!!"

„Zupf dich!", kam die harsche Antwort.

Endlich ging die Tür auf und Gundula sagte sofort: „Kannst du deine Tochter bitte endlich zur Vernunft bringen? Die kleine Kröte folgt überhaupt nicht. Hoppla." Überrascht blickte Gundula auf den frühen Besuch. Ihr Blick glitt nach unten. „Frau Gräber und ihr Fisch."

„Guten Morgen", sagte Dolores. Sie hätte gern ein frohes Osterfest gewünscht oder sich für die Störung entschuldigt, aber das war dem Anlass nicht angemessen.

Emma quetschte sich an ihrer Mutter vorbei und rumpelte gegen Knödels Glas. Der kleine Fisch erschrak fürchterlich und schoss im Zickzack durch das Wasser. Emma war ebenfalls erschrocken. Hatte sie gerade noch lautstark nach einem Muffin verlangt, ging sie jetzt mucksmäuschenstill in die Hocke und schaute mit großen Augen in das Fischglas.

„Emma", warnte Gundula, „lass die Finger weg."

Emma tat ihre Hände auf den Rücken. „Nur schauen. Mit den Augen schaugen."

Auch Knödel schaute. Er hatte sich beruhigt und kam nach vorn. Fisch und Kind betrachteten einander.

Gundula seufzte. „Was kann ich für Sie tun, Frau

Gräber?"

„Darf ich reinkommen?"

„Lieber nicht." Gundula trug eine übergroße, ausgebeulte Jogginghose, die ihr auf halb acht hing, und ein schlabberiges Oversize T-Shirt und beides sah aus, als wäre es seit Tagen nicht gewechselt worden. „Bei mir sieht es ziemlich wild aus. Die Kinder…"

Emma begann an der Hose ihrer Mama zu zupfen. „Mama", flüsterte sie. „Da ist ein Fisch. Blubb. Blubb."

„Ja, Emma", sagte Gundula genervt. Sie war in Lauerstellung, immer darauf wartend, was die Kleine als nächstes anstellen konnte, was ihr als nächstes durch den Kopf schießen würde.

Dolores ging in die Hocke. „Das", sagte sie, „ist ein Zwergkugelfisch. Wenn du ganz ruhig bist, kannst du ihn beobachten. Wenn du laut bist oder hektisch, bekommt er Angst und versteckt sich."

Emma guckte mit großen Augen in das Fischglas und Knödel schaute mit nicht minder großen Augen heraus. Emma legte einen Finger über die Lippen. „Pst!"

Gundula seufzte. Sie ließ ihren genervten Blick in die Ferne schweifen, über die Kuhweiden, auf denen bald Kühe grasen würden. Den Stacheldraht entlang huschte das Medium, diesmal nicht mit dem Pendel in der Hand, sondern mit einem Stoffbeutel. Wahrscheinlich war sie auf der Suche nach Kräutern.

„Also gut", gab Gundula nach, „kommen Sie herein, Frau Gräber, aber bringen Sie unbedingt den Fisch mit und denken Sie sich bitte nichts wegen der... leichten Unordnung."

Immenses Chaos wäre der treffende Ausdruck gewesen. Dolores hatte lange nicht mehr so viel Durcheinander gesehen. Die Garderobe quoll über in einer Mischung aus Wintersachen und Sommerjacken, dazu Kinderzeug, Gummistiefel, Spielsachen und Wäschestücke aller Art. Weil an der Garderobe längst kein Platz mehr war, stapelten sich Jacken und Schuhe in den Flur hinein. Alles lag voller Spielzeug, Kleidungsstücke oder Kissen. Je näher man der Küche kam, desto mehr Küchenutensilien mischten sich unter die Streu-Ordnung. Siebe, Plätzchenformen, Schüsseln und Vorratsdosen in allen Größen und Formen verteilten sich zwischen Kochlöffeln und Töpfen in der Wohnung.

„Bitte." Gundula zeigte auf eine Eckbank, aber es war kein Platz, um sich zu setzen. Dolores stellte

Knödel auf ein freies Fleckchen am Tisch und schob erst einmal Tageszeitungen mehrerer Wochen zur Seite. Schlafanzüge lagen herum, die Dolores ebenfalls beiseiteschob. Sie fand eine leere Packung Salzstangen, eine angeknabberte ausgetrocknete Gurke und eine Kinderzahnbürste mit abgeschnittenen Borsten.

„Möchten Sie ein Glas Wasser?", fragte Gundula wohl aus Höflichkeit. Das schmutzige Geschirr stapelte sich in der Spüle und in der Vitrine war kein einziges Glas zu sehen.

„Danke", lehnte Dolores ab. „Ich möchte keine Umstände machen."

„Ein Kaffee?" Gundula stellte eine offensichtlich vielfach benutzte Tasse unter einen Vollautomaten und drückte eine Taste.

„Ich auch!", begann Emma zu brüllen. „Ich auch!" Der kleine Giftzwerg hüpfte wie ein Springteufel auf und ab. „Und den Muffin! Mama, den Muffin!" Der Muffin stand ganz oben in einem Küchenregal neben einem knallroten Buch über Gartenpflanzen und wartete auf einem Teller. Emma hüpfte und stampfte mit den Füßen. Gleichzeitig begann sie zu kreischen.

Dolores machte „Pst" und deutete mit einem Finger

auf das Spazierglas. Sofort war Emma still. Sie setzte sich auf Dolores' Schoß und beobachtete Knödel, der langsam eine Runde drehte und sich umschaute.

„Ich brauche jetzt einen Kaffee", seufzte Gundula. „Die kleine Kröte hat mich die ganze Nacht nicht schlafen lassen und bei Karlchen stimmt was mit dem Beatmungsgerät nicht. Es zwitschert wie ein hyperaktiver Kanarienvogel." Sie setzte sich mit dem Kaffee an den Tisch und gähnte. „Ich habe den Techniker schon angerufen, aber der kommt nicht an einem Sonntag, wenn das Gerät bloß komische Geräusche macht. Er würde kommen, wenn es ausfällt, aber dann, Frau Gräber, brauche ich den Techniker auch nicht mehr. Wissen Sie, Karlchen kann nicht allein atmen. Er braucht immer das Gerät. Immer."

„Das tut mir leid", sagte Dolores aufrichtig.

Gundula nahm einen großen Schluck Kaffee und winkte ab. „Meine Nerven liegen blank, weil ich so schlecht geschlafen habe und mein Mann einfach nicht heimkommt. Zur Taufe, hat er gesagt. Er wollte gleich nach der Taufe heimkommen, aber wahrscheinlich hat er sich verquatscht und die Zeit aus den Augen verloren. Naja, wenn eine übermüdete Ehefrau auf einen wartet, eine nervige fast Dreijährige und ein behindertes Baby, da vergisst man die Zeit gern."

„Pst!", machte Emma. Sie saß ganz ruhig da und schaute ins Spazierglas. Wenn Knödel hinter der Pflanze vorbeischwamm und auf der anderen Seite hervorkam, klatschte sie lautlos in die Hände und freute sich.

„So ruhig", sagte Gundula, „sitzt Emma nie. Sie hat Pfeffer im Arsch. Vielleicht sollten wir uns auch einen Fisch zulegen, damit endlich Ruhe herrscht."

Dolores wollte lächeln, aber es gelang ihr nicht. „Gundula, weißt, der Karl…"

Sie winkte ab. „Der lässt mich so viel allein, seit Karlchen auf der Welt ist. Eigentlich vorher auch schon. Ein Mädel, das sich im Temperament nicht zügeln lässt, und behindertes Kind passen halt nicht in seine Welt und das lässt er mich spüren. Als hätte ich die Schuld an dem behinderten Kind oder daran, dass die Kleine einfach nicht stillsitzen kann."

Aus einem Babyfon drang ein rasselndes Geräusch. Gundula rieb sich die Stirn und seufzte. „Das ist das Beatmungsgerät. Es macht wirklich ganz komische Geräusche."

Dolores nickte verständnisvoll. „Und dann auch noch die Sache mit der Zimmerei…"

„Was ist mit der Firma?", schreckte Gundula auf.

„Herrschaft, ist was mit der Zimmerei? Lässt es denn gar nicht aus? Dass der Karl mir nichts erzählt, wenn es wichtig ist! Ständig am Saufen und Singen, aber wenn's wichtig ist, muss ich es von anderen Leuten erfahren." Sie schnaubte. „Wie mit der Fernsehshow, das haben alle anderen gewusst, bevor er es mir erzählt hat. Naja, zum Glück ist nichts aus der Superstar-Karriere geworden. Wissen Sie, so gut kann er wirklich nicht singen."

„Wie es aussieht", sagte Dolores, „steht die Zimmerei vor der Insolvenz."

„Zefix!", fluchte Gundula laut und kassierte dafür einen mahnenden Blick von Emma. Gundula biss sich auf die Lippen. „So ein verdammter Mist! Ich hab ihm letztes Jahr schon gesagt, so kann es nicht weitergehen. Wissen Sie, Frau Gräber, ich bin im Controlling einer Großbank und kenne mich aus mit Zahlen. Die Zimmerei…" Sie fasste sich schwer seufzend an den Kopf. „Der Karl müsste halt nicht immer bloß beim Kunden arbeiten, sondern auch mal die Buchhaltung erledigen. Kein Überblick mehr über die Aufträge, offene Rechnungen und das Finanzamt steigt ihm auf die Füße mit den ganzen Vorauszahlungen. Jetzt geht es bergab und das muss ich von einer Fremden erfahren." Sie trank einen großen Schluck Kaffee. „Nichts für ungut, Frau Gräber, aber genaugenommen kennen wir uns bloß vom Sehen."

Dolores nickte verständnisvoll. „Weißt, der Karl…"

„Er hat ja gemeint", erzählte Gundula weiter, „ich sollte ihm die Buchhaltung machen." Sie tippte sich an die Stirn und streckte dabei die Zunge raus. „Ich habe studiert und bin Führungskraft in der Bank, da wäre ich schön blöd, diese hervorragende Anstellung gegen einen kleinen Buchhalterjob zu tauschen, bei dem ich nicht mal bezahlt werde. Genau das schwebt dem Karl nämlich vor. Er macht die Zimmerei, ich das Büro und kriegen tu ich nichts dafür. So war's bei seinen Eltern auch, aber ich habe ihm gesagt, da wäre ich schön blöd. Ich will nicht die verkorksten Traditionen weitertragen, die für eine Frau eine Sackgasse sind."

Der Kaffee war sofort leergetrunken und sie holte sich eine weitere Tasse. Emma saß derweilen ganz still und schaute in das Fischglas, während Knödel einen Stapel mit teilweise ungeöffneten Briefen inspizierte.

Dolores unternahm einen neuen Versuch: „Weißt, der Karl…"

„Meinen Sie, ich soll ihn anrufen und fragen, wo er bleibt? Wenn Sie ihn dringend sprechen möchten?" Gundula griff nach dem Smartphone, legte es aber sofort wieder hin. „Akku leer. Wie immer. Irgendwo in dem ganzen Durcheinander ist mein Ladekabel verschwunden."

Als wäre es Emmas Stichwort gewesen, sprang die Kleine hoch und sauste davon. Sie kam Sekunden später mit einem Spielzeug-Smartphone wieder und hielt es ihrer Mutter hin. „Ich will den Muffin haben."

„Nein", seufzte Gundula, „du magst bloß Muffins mit Schokolade."

Dolores klopfte sich auf die Knie und Emma kletterte zurück auf Dolores' Schoß. „Weißt du", sagte Dolores ernsthaft, „Fische essen überhaupt keine Muffins. Der Knödel, der bekommt nichts anderes als rote Mückenlarven. Aufgetaut oder getrocknet."

Dolores hatte immer ein kleines Döschen mit Mückenlarven dabei, wenn sie Knödel umhertrug. Sie ließ Emma daran schnuppern und amüsierte sich über den angewiderten Gesichtsausdruck. „Vielleicht", schlug Dolores vor, „solltest du eine Semmel essen."

Emma wollte nichts auf die Semmel und sie wollte

sie auch nicht in kleine Stückchen zerlegt bekommen. Mit beiden Händen hielt sie die Backware und begann sich durchzuknabbern.

Gundula lehnte sich im Stuhl zurück. Zum ersten Mal, seit Dolores auf der Eckbank saß, wirkte sie etwas entspannter.

„Der kleine Benedikt", begann Gundula unvermittelt, „ist ein nettes Kind. Wache Augen, aufmerksamer Blick, kräftige Lunge. Ganz anders als bei unserem Karlchen, der einen bloß zufällig anschaut. Ich kann es schon verstehen, wenn der Karl sich lieber einen Patensohn zieht, als sich um sein behindertes Kind zu kümmern. Vielleicht, wenn die Zimmerei es aus der Insolvenz schafft, übernimmt der Benedikt mal alles. Ich glaube, es ist genug Kapital da, man müsste bloß die Buchhaltung in Ordnung und Aufträge zu Ende bringen, damit die Kunden endlich bezahlen. Der Benedikt könnte eine florierende Zimmerei übernehmen."

Dolores strich Emma das Haar aus dem Gesicht, damit sie es nicht mitaß. „Ich fürchte, das wird nicht gehen."

Gundula winkte ab. „Sie haben Recht. Eltern machen immer Pläne für ihre Kinder, anstatt den Kindern ein eigenes Leben zu gestatten. Wer weiß, was in dreißig

Jahren ist."

„Ich weiß", begann Dolores langsam, „was heute ist. Gundula, wir haben den Karl tot gefunden."

Ein Schauer lief Gundula über den Rücken und die Arme. Sie stellte die Kaffeetasse ab und rieb die Gänsehaut weg. „Wie? Ihr habt den Karl tot gefunden? Wer? Wo?"

„Am Maibaum", sagte Dolores. „Um sieben Uhr heute früh sollte die letzte Chorprobe stattfinden, deshalb…"

„Welche Chorprobe?", fragte Gundula. „Ist schon wieder Chorprobe? Das vierte Mal in dieser Woche!"

„Für die Messe, die heute im Fernsehen übertragen wird."

Gundula rieb sich das Gesicht. „Sehen Sie, Frau Gräber, sowas weiß ich nicht. Sowas erzählt mir der Karl einfach nicht. Nichts von der Chorprobe, nichts vom Fernsehen. Da findet keine Kommunikation mehr statt zwischen uns. Seit der Karlchen auf der Welt ist…"

Dolores fasste über den Tisch und drückte ihr die Hand. „Mein herzliches Beileid."

Gundula saß mit hängendem Kopf und geschlossenen Augen da. Ihre Hände waren eiskalt. „Ist er immer noch tot am Maibaum?"

Dolores nickte. „Wann hast du ihn zuletzt gesehen?"
Gundula fand keine Tränen. Sie holte aus dem Fach über der Spüle eine fast leere Flasche Schokoladenlikör und kippte alles davon in ihre Kaffeetasse. „Mei", zuckte sie die Schultern. „Gestern Abend halt. Er wollte unbedingt mitgehen und das Osterfeuer aufbauen. Ich hab geschimpft, weil sowas die Aufgabe von unverheirateten Burschen ist und nicht von einem gestandenen Mannsbild mit Ehefrau und zwei Kindern. Aber der Karl wollte unbedingt." Sie trank das Kaffee-Likör-Gemisch ohne rechten Genuss. Die leere Flasche stellte sie zu dem anderen Geschirr in die Spüle. „Also haben wir gestritten, bis der Karl meinte, er würde danach beim Trödler endlich die Geburt vom Karlchen feiern und allen einen ausgeben. Da ist der Streit erst recht losgegangen, weil der Karlchen, Frau Gräber, stellen Sie sich das vor, der Karlchen ist ja schon gute fünf Monate alt." Als sie sich zurück an den Tisch setzte, tippte sie sich wieder heftig gegen die Stirn. „Nach fast einem halben Jahr ist es fürs Kindsbier auch zu spät. Das war bloß ein Vorwand, damit er uns alleinlassen kann. Er hat gemeint, wenn er unser Karlchen feiert, wäre ich besänftigt."
„Aber das warst du nicht", vermutete Dolores.

Gundula schnaubte. „Natürlich nicht. Fünf Monate später, Frau Gräber, was für ein Arschloch muss man sein, um fünf Monate nach der Geburt eines Kindes zu feiern? Ich hab ihm gesagt, wenn er das Haus verlässt, braucht er nicht wiederzukommen."

„Aber die Taufe…"

„Diesen Einwand", sagte Gundula, „hat er auch gebracht. Der Karl hat immer Einwände, Ausreden, Erklärungen vorgebracht. Und freilich hab ich ihm die Taufe nicht verbieten wollen, immerhin ist es eine Taufe. Aber er hat hoch und heilig versprochen, nach der Taufe heimzukommen." Sie seufzte. „Jetzt kommt er gar nicht mehr heim."

„Ich will den Muffin", sagte Emma bestimmt und zeigte hoch zum Regal, wo der Muffin auf seinem Teller wartete. Recht appetitlich sah er nicht aus mit seiner eingedrückten zerbröselten Oberseite.

„Nein." Gundula schüttelte den Kopf.

Dolores hatte eine Menge Fragen, aber sie wusste nicht, mit welcher sie anfangen sollte und welcher Tonfall angemessen war. Wie eine tief trauernde leidende Witwe sah Gundula jedenfalls nicht aus.

„Emma", sagte Gundula, „magst nicht ein bisserl fernsehen?"

Knödel war interessant, aber das Fernsehen

verlockte noch mehr. Emma rutschte von Dolores'
Knien und sauste ins Wohnzimmer. Wenig später
hörte man den Fernseher in hoher Lautstärke.
Gundula griff zum Regal hoch, nahm den Muffin
und wickelte ihn in ein Küchentuch ein, ehe sie ihn
in den übervollen Mülleimer quetschte.

„Wann ist er gestern gegangen?", fragte Dolores.
„Wohin?"

„Ich bin so müde." Gundula stützte den Kopf auf die
Hände und schloss die Augen. „Es war halb acht, als
er gegangen ist. Ich meinte, er könnte noch eine halbe
Stunde warten, bis der Kleine im Bett sei, aber Karl
ist gleich gegangen, weil der Kleine ja eh nix
mitkriegt. Emma hat geschrien wie am Spieß, weil er
Gummistiefel angezogen hat und sie das am
Nachmittag zum Besuch bei der Oma nicht durfte.
Halb acht."

Dolores schob das Frühstücksgeschirr, das zwischen
dem anderen Zeug auf dem Tisch stand, etwas zur
Seite. Viel ging nicht, sonst wären die leeren
Suppenteller vom Vortag über die Kante nach unten
gefallen. Sie packte ihr Tablet aus, um sich Notizen
zu machen. „Ist er zum Osterfeuer gegangen? Hoch
aufs Hinterfeld?"

Gundula zuckte die Schultern. „Gesagt hat er das

nicht, aber wo treffen sich die Burschen sonst, wenn nicht am Hinterfeld? Die bringen da Bier und Schnaps mit und saufen die ganze Nacht, sobald dieser Scheiterhaufen fertig ist." Sie schnaubte. „Seit gestern kann Emma ihre Puppe nicht mehr finden, die hässliche Puppe, der sie vorige Woche die Haare geschnitten hat. Würde mich nicht wundern, wenn der Karl die für den Scheiterhaufen mitgenommen hat. Es soll wohl Brauch sein, im Osterfeuer eine Puppe als Sinnbild für den Winter zu verbrennen."

„Bei unserem Osterfeuer wird allerhand verbrannt", überlegte Dolores und sie dachte dabei an diverse Holzmöbel, lästige Schulsachen und die ein oder andere Couch, „aber eine Puppe?" Sie begann wie beiläufig einen Stapel Briefe und Papiere umzuschichten und einen flüchtigen Blick darauf zu werfen.

„War bloß ein Gedanke", winkte Gundula ab. „Momentan habe ich sehr, sehr viele Gedanken und nicht alle sind nachvollziehbar. Wahrscheinlich liegt die Puppe irgendwo in dem ganzen Chaos herum." Sie saß eine Weile mit gesenktem Kopf da und blickte ausdruckslos auf den Tisch. „Herrschaft, ich muss der Versicherung Bescheid sagen."

„Welcher Versicherung?"

„Karls Lebensversicherung." Gundula zeigte auf den Brief, den Dolores gerade in der Hand hielt. „In dem Schreiben geht es um die Vertragsanpassung, die Dynamik. Wissen Sie, er hat eine Lebensversicherung abgeschlossen und man muss im Todesfall unverzüglich Bescheid geben."

Dolores studierte das Schreiben, das eine Erhöhung der Versicherungssumme ankündigte. „Hoffentlich hat er die nicht erst letzte Woche abgeschlossen."

„Nein", sagte Gundula und zupfte aus dem ganzen Papierstapel den Versicherungsschein hervor. „Als Emma zur Welt kam und wir eine glückliche Familie waren. Er wollte uns absichern, also vor allem Emma und den Sohn, den er noch bekommen wollte."

Das Datum auf dem Versicherungsschein war tatsächlich drei Jahre alt. Dolores blätterte durch das Kleingedruckte mit einem unwohlen Gefühl. „Aha, hier steht es. Suizid-Klausel."

Gundula riss die Augen auf. „Das darf nicht wahr sein! Hat der Karl sich umgebracht! So ein Arschloch!" Sie haute wütend mit der flachen Hand auf den Tisch. „So ein feiges Arschloch! Lässt mich mit den Kindern allein und gönnt mir nicht einmal seine Lebensversicherung!"

Bevor sie sich schlimmer aufregen konnte,

unterbrach Dolores: „Nein, nein, ich glaube nicht an einen Suizid."

„Selbstmord!" Gundula schien sie nicht gehört zu haben. „Das sieht diesem arroganten Sackgesicht ähnlich. Mein Gott, hat er sich womöglich am Maibaum aufgehängt? Frau Gräber, wie ist er gestorben?"

Einige Sekunden wartete Dolores, bis sie das Gefühl hatte, Gundula wäre wieder ihrer Sinne mächtig. „Tatsächlich", erklärte sie, „hängt er am Maibaum."

„Er hängt!"

„Hängt", nickte Dolores. „Wie gesagt, glaube ich nicht an einen Suizid. Dafür gibt es mir zu viele Unstimmigkeiten." Sie suchte in dem Papierberg nach weiteren Unterlagen.

„Selbstmord!" Gundula holte sich eine weitere Tasse Kaffee. „Bestimmt wegen der ganzen Situation. Die Sache mit der Zimmerei… Sie sagen ja selbst, Frau Gräber, es würde bergabgehen mit der Zimmerei. Und das Drama mit dem Karlchen. Mei, so sehr hat er sich auf seinen Stammhalter gefreut und dann kommt der Bub so schwer behindert auf die Welt. Sowas, Frau Gräber, macht einen Mann mürbe und raubt ihm die Lebensenergie. Selbstmord, meine Güte, was für ein Drama. Seine Mutter wird zusammenbrechen. Für diese streng katholische Familie ist ein Suizid ein größeres Verbrechen als ein Mord." Sie stockte und schnaubte böse. „Es sei denn, der Mord an einem Ungeborenen. Als ich das mit Karlchen erfahren habe, mit seiner schweren Behinderung, war meine Schwiegermutter die erste, die mir zur Abtreibung geraten hat. Jeden Sonntag in die Kirche rennen und fleißig alle ringsum über die kirchlichen Fastentage belehren, aber beim Karlchen hat sie alle zehn Gebote übern Haufen geworfen. Scheinheilige Schlange! Seitdem ist Funkstille zwischen uns. Dieses boshafte Weib soll sich zum Teufel scheren."

Ein bisschen unruhig schwamm Knödel von einer Seite zur anderen. Er schien Emma zu suchen, jedenfalls guckte er immer zu der Tür, durch die sie verschwunden war.

„Er hängt zwar", sagte Dolores, „aber die Umstände passen nicht zwangsläufig zu einem Tod durch Erhängen. Er hat erbrochen und…" Sie zögerte kurz, entschloss sich aber zur vollen Wahrheit. „Er hat sich von der Taufe abgemeldet, weil ihm nicht gut war. Magenprobleme, hat er dem Pater Notker gesagt. Man solle die Taufe ohne ihn abhalten."

Gundula lachte trocken auf. „Dann ist der Berthold

jetzt der alleinige Taufpate? Na, wunderbar, das wird die Stelzers freuen. Für die war der Karl eh bloß zweite Wahl beim Taufpaten, weil die Stelzer Katja zwar die Schwester vom Karl ist, aber die beiden eigentlich keinen Kontakt haben wollen. Taufpate halt, weil Karls Mutter so hingebenzt hat. Unbedingt muss der Onkel Taufpate werden, unbedingt." Sie haute wieder mit der flachen Hand auf den Tisch. „Aber Taufpatin für mein Karlchen hat die Katja nicht machen müssen. Weißt, hat meine Schwiegermutter gesagt, man kann so ein wichtiges Amt ja nicht bei einem Kind verlangen, das immer bloß pflegebedürftig im Bett liegen kann. Und wer weiß denn, wie lange der Karlchen überhaupt leben wird, so arg schlimm wie er behindert ist." Ihr stiegen Tränen in die Augen. „Sowas muss ich mir anhören. Immer und immer wieder von dieser alteingesessenen katholischen Bagage. Der Imam, der am Ende der Straße wohnt, hat mehr Christlichkeit in sich als diese Familie."

„Menschlichkeit", sagte Dolores leise. „Es ist Menschlichkeit, unabhängig von jedweder Religion."

Gundula brauchte ein Taschentuch und Nachschub an Kaffee. Aus dem Wohnzimmer hörte man lautstark eine Tiersendung herüber und Knödel betrachtete mittlerweile wieder den Stapel an Briefen. Ganz oben lag ein ungeöffneter Brief für die Zimmerei mit der dicken Aufschrift „Mahnung" und daneben ein halb aus dem Kuvert genommener Brief von der Versicherungsgesellschaft, bei dem es der ersten Zeile nach um eine Änderung eines Vertrages ging.

„Schlecht war es ihm also." Gundula fasste schnell nach genau diesem Brief und steckte ihn tief ins Kuvert zurück. „Sie wollen jetzt nicht ernsthaft eine Vermutung von mir haben, oder? Sie wissen schon, was dem Karl sein liebstes Hobby war? Alkohol. Bier und Schnaps. Noch vor dem Singen. Wenn das Osterfeuer aufgebaut wird, fließt beides in Strömen und in letzter Zeit hat ihm vor allem der Schnaps besser geschmeckt als je zuvor. Was der Kerl mir betrunken heimgekommen ist!"

An dieser Stelle musste Dolores den Kopf leicht schieflegen. „Weißt, ich habe ihn gestern am sehr späten Abend beim Trödler getroffen, als er den Erdbeerlimes spendiert hat. Er hat mir keinen betrunkenen Eindruck gemacht." Sie zupfte etwas verlegen an ihrem Haar. „Ich schon, ich war ziemlich betrunken, weil ich normalerweise höchstens zwei

Cocktails trinke. Gestern waren es drei Pina Colada und dann kam Karl mit dem Erdbeerlimes und es ging bergab mit mir. Aber der Karl, das weiß ich sicher, war nicht betrunken."

„Täuschen Sie sich nicht", schnappte Gundula. „Der verträgt einiges. Also, er hat einiges vertragen. Dem hat man es nicht angemerkt. Der ist einmal in eine Alkoholkontrolle gekommen und hat blasen müssen… Drei Promille hat das Gerät angezeigt, aber weil der Karl kerzengerade stand und nicht mal gelallt hat, haben die Beamten gemeint, das Gerät wäre kaputt."

„Ich kann mich sogar erinnern", sagte Dolores fest, „wie er zum Reiner gesagt hat, er wolle ein Wasser haben."

Das konnte Gundula nicht glauben. Sie schüttelte den Kopf. „Ein Wasser? Frau Gräber, da hätten Sie sofort Polizei, Feuerwehr und den Pfarrer rufen sollen. Wenn der Karl beim Weggehen nichts getrunken hat, war definitiv etwas faul."

Die Szene im Trödler war Dolores gut im Gedächtnis. Karl, der laut lachte und feierte und sich mit seinen Freunden und Bekannten unterhielt. Lenni lag längst auf einem der Sofas und schlief vor lauter Rausch, die Zwillinge Anna und Lena kamen vom Klo nicht zurück, weil sie – das fand man später heraus – sturzbetrunken im Vorraum schliefen. Einer zog sich beim Pinkel gegen den Gartenzaun des Nachbars einen Schiefer an einer sensiblen Körperpartie ein und wurde dabei von seinen drei Kumpels gefilmt. Am blätterlosen Birkenbäumchen vor dem Eingang hing ein Höschen und im Aschenbecher vor dem Haus fand man ein benutztes Kondom, das die versammelte Meute zu lautem Grölen und diversen Vermutungen anstachelte. So gesehen, war es ein völlig normaler Abend.

Bis auf Karl, der überhaupt nicht normal war. Er nutzte gern jede Gelegenheit, um ein paar Bier mit seinen Kumpels zu kippen und ein paar Schnaps hinterher zu schicken. Diesmal stand er mit einem Wasserglas da, torkelte nicht, wankte nicht, lallte nicht. Er schaute nicht einmal mit großen Augen auf das Bier, das Theodora neben ihm in der Hand hielt. Bloß manchmal hielt er sich den Magen oder er reckte die Arme über den Kopf und streckte sich, während er tiefe Atemzüge machte.

„Er war nüchtern", beharrte Dolores. „Kann die Taufe so wichtig für ihn gewesen sein? Hat er tatsächlich wegen der Taufe keinen Alkohol getrunken?"

„Das wäre mir neu", schnaubte Gundula. „Selbst an unserer Hochzeit war er betrunken. Sturzbesoffen müsste man eher sagen. Er hat nicht allein ins Bett gefunden, also habe ich ihn im Bad auf dem Duschvorleger schlafen lassen." Ein diebisches Lächeln glitt über ihr Gesicht. „Wir haben im Winter geheiratet und auf dem Fußboden war es eiskalt. Er hat sich verkühlt und zwei Wochen lang gehustet."

Während Dolores sich Notizen machte, bemerkte sie die plötzliche Stille aus dem Wohnzimmer. Auch Gundula war die Ruhe aufgefallen und sie sprang auf. „Was stellt das kleine Biest jetzt wieder an?"

Wenige Sekunden später wurde Emma an der Hand in die Küche zurückgeschleift. Sie zerrte ein Kuscheltier hinter sich her, das keinen Kopf mehr hatte und bei jedem Schritt Füllwatte verlor.

„Da setzt du dich hin", schimpfte Gundula, „und du bewegst dich nicht mehr vom Fleck. Wie oft hab ich dir gesagt, mit einer Schere schneidet man bloß Papier? Erst rasierst du deine Puppe kahl und jetzt zerschnippelst du deine Kuh?"

Emma verzog das Gesicht und begann zu weinen. „Meine Puppe!"

Gundula haute auf den Tisch. „Schluss mit dem Gejammer! Du machst so viel kaputt, wenn überhaupt, sollte ich jammern. Schäm dich, Emma, schäm dich! Die arme Kuh! Die arme Puppe."

„Meine Puppe!" Emma weinte dicke Tränen, aber nur kurz, denn dann bemerkte sie Knödel auf dem Tisch. Sie legte die Arme auf den vollgebröselten Teller und bettete den Kopf darauf. Ruhig und als hätte sie nie geweint, schaute sie dem Fisch zu. Knödel hatte seinen Spaß. Er drehte eine Runde nach der anderen und machte sogar Saltos.

„Um Viertel vor sechs", überlegte Dolores halblaut, „war die Ostermesse zu Ende und wenn er da schon…" Sie stockte. Es war nicht klug, diese Details zu erwähnen, wenn Emma dabei war.

Gundula nickte zustimmend. „Keiner geht am Maibaum vorbei, ohne jemanden zu sehen, der dort…"

„Genau das dachte ich auch." Dolores schaute auf die Uhr über der Tür. „Irgendwie haben die Mörder in unserem Dorf den Hang zum Frühaufstehen."

Es gab ein gewaltiges Drama, als Dolores Knödel hochhob und sich verabschiedete. Emma rastete völlig aus, warf sich auf den Boden und strampelte mit Armen und Beinen, während sie aus voller Kehle kreischte. Gundula schien den Anblick gewohnt zu sein, jedenfalls begleitete sie Dolores bis zur Tür.

„Denken Sie sich nichts", sagte Gundula, „das kleine Biest führt sich immer so auf, wenn etwas nicht nach ihrem Kopf geht." Sie langte über die Tür und holte eine Schachtel Zigaretten herunter, dabei bemerkte sie einen Brief, der oben aus ihrem Briefkasten herausguckte. Ein blauer Brief.

Gundula zupfte ihn mit einem Schnauben heraus. „Das ist wieder von dieser dummen Gans vom Gartenverein. Ständig wirft sie uns solche Briefe ein." Ein heftiges Augenrollen folgte und ein tiefer Zug aus der Zigarette. „Unsere Pflanztröge und Balkonkästen sind dieser Henne nicht hübsch genug. Als hätte ich nichts anderes zu tun, als mich um Blumen zu kümmern. Blumen!" Sie saugte die Zigarette mit wenigen Zügen leer und schnippte die Kippe über das Geländer nach unten. „Und dann will sie auch noch die Forsythie dort unten entfernt haben, weil es der falsche Standort für den Busch ist. Ich bitte Sie, Frau Gräber, der ist doch prächtig wie sonst was. Sieht mir nicht so aus, als würde der Busch sich nicht wohlfühlen."

Dolores schaute in die gezeigte Richtung. „Das neben dem Wunderbaum ist Goldregen, keine Forsythie."

Gundula rollte mit den Augen. „Ach, sind Sie auch

Gartenfachfrau? Ein Maulwurf? Wie diese Schnepfe? Wiederschauen, Frau Gräber." Und sie machte die Tür laut zu.

Wohin als nächstes? Gar zum Ende?

Gundula	Seite 48
Griffel	Seite 75
Abdullah	Seite 96
Lotte	Seite 122
Torben	Seite 145
Berthold	Seite 170

Obacht! Vorsicht! Die Auflösung beginnt auf Seite 185.

Griffel – Karls bester Spezl sagt nicht viel

Es war gar nicht so einfach, den Griffel aus dem Bett zu kriegen. Seine Mutter stand mit den Händen in den Hüften mitten im Zimmer und hielt ihm einen Vortrag.

„Herrschaft, jetzt wartet die Frau Gräber schon fünfzehn Minuten. Fünfzehn Minuten, Gustav, und du kommst einfach nicht aus dem Bett! Das kann nicht wahr sein. Wer zum Saufen geht, muss auch aufstehen können, erst recht, wenn eine Persönlichkeit wie die Frau Gräber nach einem verlangt. Die Frau Gräber! Gustav, hast vergessen, wie sie dir seinerzeit den Führerschein nachgemacht hat? Gustav! Herrschaftszeiten!"

Dolores stand in der Tür und wartete betreten. Als sie noch in der Zulassungsstelle gearbeitet hatte, war das ihr Job gewesen. Verlorene Führerscheine neu beantragen und aushändigen, alte Führerscheine auf EU-Führerscheine tauschen und natürlich alle Aufgaben rund um die Zulassung eines Kraftfahrzeugs.

Griffel brummte. Er hatte die Decke über den Kopf gezogen und sich tief ins Kissen gewühlt. Sein rechter Fuß lag nicht im Bett, sondern stand auf dem

Boden, wahrscheinlich um das Karussell in seinem Kopf abzubremsen.

„Gustav!", schimpfte seine Mutter weiter. „Herrschaft, wirst nicht sofort aufstehen, wenn die Frau Gräber dich sprechen möchte. Was ist nur in dich gefahren, ein so schlechtes Benehmen an den Tag zu legen? Bist mir heute früh schon so furchtbar laut heimgekommen. Erst rumpelst gegen das Treppengeländer und dann hast vor lauter Rausch die Badtür zugeschlossen und nicht mehr aufgekriegt. Sofort wirst jetzt aufstehen und der Frau Gräber Rede und Antwort stehen, weißt, weil es geht um den Karl und du warst doch der beste Freund vom Karl. Gustav! Gustav, sofort wirst jetzt aufstehen! Himmeldonnerwetter!"

Das Gezeter ging eine Weile weiter, bis Griffel sich endlich bewegte und den Kopf leicht hob. „Mama?" Er war kaum zu verstehen, so dick und schwer war seine Zunge. „Wa maddu ineim Simma?"

Seine Mutter stampfte mit dem Fuß. „Ich sollte viel öfter in dein Zimmer kommen, junger Mann. Wie es hier aussieht! Himmeldonnerwetter, wann hast die Bettwäsche das letzte Mal gewechselt und kannst dir nicht endlich andere Bettwäsche kaufen als deine alte Bärchen-Bettwäsche? Da muss man sich ja schämen, wenn mal einer in dein Zimmer schaut. Und überall die leeren Pizzaschachteln. Die wirst sofort rausbringen und wegwerfen. Altpapier wird nächste Woche abgeholt, da kannst gleich alles loswerden. Und dann wirst sofort den anderen Müll auch wegbringen. Wo kommen überhaupt alle die Burger-Tüten her? Ich dachte, ihr kocht immer, wenn ihr euch in der Bude trefft? Solche Schlawiner seid ihr also, da wird überhaupt nicht gekocht, sondern dieser Billigfraß reingeschaufelt. Gustav, sofort wirst jetzt aufstehen, die Frau Gräber braucht was!"

Griffel war längst zurück unter die Decke gekrochen. „Ha?"

„Die Frau Gräber!" Seine Mutter packte die Decke und zog sie ein Stück weg. Zum Glück nur ein Stück, denn wie es aussah, war Griffel absolut nicht angezogen.

„Mei!", stieß seine Mutter aus. „Sakrament! Was hab ich dir denn die Schlafanzüge zu Weihnachten geschenkt, wennst keinen anziehst? Du wirst dir den Tod holen, wennst mit blankem Rücken im Bett liegst. Da kriegst es ganz schnell mit den Nieren oder der Blase. Los, jetzt, Gustav, raus aus den Federn, die Frau Gräber wartet."

Es war offensichtlich keine gute Idee gewesen, so

früh an Ostern zu kommen. Griffel war alles andere als ansprechbar. Er schnarchte schon wieder.

„Wie viel", fragte Dolores mehr sich selbst als Griffels Mutter, „haben die denn getrunken?"

Griffels Mutter winkte ab. „Mei, Frau Gräber, das wern Sie ja wissen. Die Jugend kennt da kein Halten mehr. Die saufen, bis der letzte umfällt, also nicht der erste, sondern der letzte dieser trinklustigen Versammlung. Sie sehen ja, wie betrunken der immer noch ist. Gustav, nimm wenigstens deinen Fuß mit unter die Decke, sonst verkühlst dich wirklich. Nein, diese Jugend!"

Griffels Mutter schüttelte tadelnd den Kopf und öffnete eines der beiden Sprossenfenster weit.

„Weißt was, Gustav, ich mache der Frau Gräber jetzt eine Tasse Tee und du wirst sofort aufstehen, dich frischmachen und zu uns in die Küche kommen. Sonst…" Sie drohte einem Berg aus Decke und Kissen mit dem Finger. „Sonst wirst deinen Haustürschlüssel abgeben, junger Mann! Halleluja nochmal!"

Diese Drohung funktionierte. Griffel ächzte und drehte sich. Ein halb offenes Auge schaute unter der Decke hervor. „Kannich austeh…"

„Freile!", widersprach seine Mutter. „Du wirst

aufstehen können. Wer säuft, kann auch aufstehen. Los, los, ab mit dir." Sie schaute ihn böse an, ehe sie mit einem breiten Lächeln zu Dolores kam und sie am Arm in die Küche führte. „Kommen'S, Frau Gräber, es wird nicht lange dauern, bis der Gustav daher trudelt. Die Drohung mit dem Schlüssel wirkt bei den jungen Leuten ja Wunder."

Junge Leute. Dolores, die Knödel in der Küche abgestellt hatte, fragte sich, wie lange man heutzutage zu den jungen Leuten zählte. „Wie alt ist der Griffel denn? Äh, der Gustav?"

Griffels Mutter bot ihr einen Stuhl am großen Küchentisch und begann Tee zu kochen. „Siebenunddreißig", sagte sie. „Er wird im Juni achtunddreißig." Topf mit Wasser auf den Herd, Teekanne auf die Arbeitsfläche. „Freile", fuhr sie fort, „wir warn zu unserer Zeit ja viel reifer in dem Alter. Mit siebenunddreißig..." Sie winkte mit beiden Händen ab. „Da war meine Familienplanung abgeschlossen, Frau Gräber, das Haus war gebaut und die Karriere von meinem Mann auf dem Höhepunkt. Ich war ja immer ganz klassisch Hausfrau und Mutter. Trotzdem warn wir insgesamt reifer. Wo ich längst fertig war, will der Gustav *später mal* eine Familie haben. Das ist heute ganz normal, da kommt das erste Kind eben mit Mitte vierzig. Das erste Kind, nicht das letzte aus Versehen."

Das Wasser kochte und sie goss den Tee auf. Kräutergeruch wehte durch die Küche. „Mein Mann", plauderte sie weiter, „wird nächstes Jahr pensioniert. Er hat dann vierzig Jahre in derselben Stelle gearbeitet, als Postbeamter in der Filiale in…" Sie lauschte plötzlich. „Seng'S, jetzt ist er im Bad angekommen. Wenn man ihm damit droht, ihm den Schlüssel wegzunehmen, wird er gleich gangig."

Dolores schaute ihr zu, wie sie Tischsets auslegte, ein Stövchen mit Teelicht brachte und den Tee servierte. Ein Teller mit einem aufgeschnittenen Biskuitlämmchen gehörte ebenso dazu wie eine adrette Zuckerdose mit Goldrand. „Wann", fragte Dolores, „ist der Griffel heute früh denn heimgekommen? Wissen Sie das?"

„Natürlich!" Sie winkte mit beiden Händen ab. „Der junge Bursche war ja laut genug. Wie gesagt, erst das Treppengeländer, das durchs ganze Haus gedröhnt hat, und dann die Badtür, die er immer wieder aufreißen wollte, obwohl sie abgeschlossen war." Sie senkte die Stimme und hob eine Hand vor den Mund. „Der arme Kerl hat speim müssen."

Eine halbe Teetasse lang hörte sich Dolores an, wie

schlimm Griffel üblicherweise randalierte, wenn er betrunken nach Hause kam. Die Garderobe war ihm zum Opfer gefallen, weil er sich daran festhalten wollte, als er das Gleichgewicht verlor. Eine Bodenfliese im Flur hatte einen Sprung, weil Griffel des nächtens eine Spinne zertreten wollte, die sich als Gummiabrieb entpuppte. „Er hat so dermaßen heftig aufgestampft." Griffels Mutter schüttelte den Kopf. „Sechs Uhr war es heute, Frau Gräber, genau sechs Uhr. Mei, ein bisserl nach sechs, wenn's ganz genau gehen soll. Das Gebetläuten war schon vorbei. Da hat er mich mit dem Treppengeländer aufgeweckt. Früh für einen Sonntag, aber, Frau Gräber, ich stehe immer früh auf. Der frühe Vogel fängt den Wurm und Lastergang ist aller Muße Anfang. Ich stehe immer früh auf." Griffels Mutter betrieb eine sonderliche Art Smalltalk. Sie holte Zettel und Stift und schrieb Dolores das Rezept für den Kräutertee auf. „Den können'S ganz einfach selbst machen, wenn'S eine Gogast-Runde drehen und nebenbei alle Kräuterlein einsammeln. Aber halten'S Ihnen von der kleinen Hütte bei den neuen Birken fern." Sie senkte die Stimme. „Das wollen'S nicht sehen; da trifft sich die Jugend zum Schnackseln."

Dolores dachte nicht im Traum daran, eine Gogast-

Runde zu drehen und womöglich Knödel auf diese Strecke mitzunehmen. Gute vier Kilometer ging es außen um das Dorf herum. Landschaftlich beeindruckend, keine Frage, der Blick auf die Berge war ein Traum und sogar die Zugspitze war in all ihrer Pracht zu sehen, aber mit Fisch im Glas war die Strecke für die Oberarme eindeutig zu lang.

„Wissen'S", überlegte Griffels Mutter und dabei räumte sie den Stift und die Notizblätter wieder in die Schublade, „ich glaube, der Karl hat einen schlechten Einfluss auf meinen Gustav gehabt. Nicht wegen Heirat und Kinderkriegen, das hat der Karl ja durchgezogen, obwohl wir alle gesagt haben, diese Gundula aus der Stadt mit all ihrer Bildung und der Studiererei, die passt nicht zu ihm, aber mit dem Trinken. Frau Gräber, wenn'S wüssten, wie oft und wie sehr die zwei sich betrunken haben…" Sie hob die Hände über den Kopf und schickte ein „Halleluja!" hinterher. „Grundsätzlich freitags, samstags und vor jedem Feiertag und meistens unter der Woche dienstags oder mittwochs. Der Karl hat ihn abgeholt, zu Fuß, Gott sei Dank, und dann sind sie saufen gegangen. In die Bude, ins Stüberl, an den Weiher – wohin auch immer. Da haben alle Appelle nichts geholfen. Die arme Gundula. Wenn mein

Mann so viel trinken würde… Dem würde ich schon zeigen, wo der Maurer das Loch gelassen hat. Verstehen'S, Frau Gräber?"

Dolores nickte. Endlich, nach einer gefühlten Ewigkeit, in der Dolores Kniffe und Tricks bei der Orchideenpflege erklärt bekam und auch einen Blick in das dorfbekannte knallrote Gartenbuch werfen musste, schlurfte Griffel in die Küche. Sein Kopf hing herab, seine Haare waren nass und verwuschelt und er müffelte wie ein Altkleidercontainer kurz vor der Leerung. Als er sich auf einen Stuhl setzte, musste er sich an der Tischplatte festhalten, um nicht zu kippen.

„Siehst." Griffels Mutter kniff ihn in die Wange. „Jetzt bist ja doch aufgestanden, wunderbar. Weißt, Gustav, die Frau Gräber will dich etwas fragen. Mir gehen ja langsam die Themen für eine ansprechende Konservation aus. Ich könnte höchstens noch erzählen, wie wir unseren Garten mit der Lotte umgestaltet haben und das Medium uns immer dazwischen geplappert hat, aber die Frau Gräber hat absolut keinen Sinn fürs Garteln und das Medium ist auch nicht jedermanns Sache."

Er bekam die Augen nicht auf. Er versuchte es, aber mehr als ein Zittern der Lider kam nicht dabei heraus. „Wassn?", fragte er mit einer Zunge, die schwerer als jeder Elefant wog.

„Griffel", begann Dolores und sein Kopf zuckte in die völlig falsche Richtung. „Griffel, es geht um den Karl."

Er antwortete nichts.

„Der Karl", sagte seine Mutter und boxte ihn gegen den Oberarm. „Was bist denn so letschert? Es geht immerhin um deinen besten Spezl." Sie schaute Dolores an. „Was ist denn mit dem Karl?"

„Er ist tot."

„Himmelherrschaftszeiten!" Griffels Mutter bekreuzigte sich und gleich darauf packte sie ihren Sohn an den Schultern. „Hast das gehört?" Sie schüttelte ihn. „Ob du das gehört hast?"

„Wassnghört?" Seine Augen blieben zu, er pendelte zwischen Wachsein und Tiefschlaf. Sein Kopf schnackelte vor und zurück, so sehr beutelte ihn seine Mutter durch. „Hä?"

Dolores fasste nach ihrer Hand. „Lassen Sie es gut sein, der Alkoholgehalt im Blut wird vom Schütteln nicht geringer und wach wird er davon auch nicht."

Sie schnaubte. „In der Grundschule hat das schon gewirkt."

„Griffel!", sagte Dolores besonders laut und

eindringlich. „Der Karl ist tot. Wann hast du ihn zuletzt gesehen?"

Seine Schultern zuckten hoch und fielen gleich wieder runter. „Umra sechse."

Griffels Mutter nickte verstehend. „Aha, seid ihr also zusammen heimgegangen und er hat dich hier abgesetzt. Hab mich schon gewundert, wer dich in dem Zustand heimgebracht hat, weil, allein hättest keinen Schritt mehr tun können. Mei, der Karl ist halt groß und kräftig genug, um einen Wicht wie dich heim zu schleppen." Sie schnaubte. „Das hat sich zu einer unschönen Regelmäßigkeit entwickelt. Ständig diese Sauferei und ständig dieses Heimbringen in hackedichtem Zustand." Sie stand auf und holte eine weitere Teetasse aus dem Schrank. „Hier", schenkte sie ein und schob sie Griffel hin. „Trinkst was vom Tee, das hilft auch gegen Kater. Es verdünnt den Schnaps. Seng'S, Frau Gräber, das hab ich gemeint. Der Karl hatte einen sehr schlechten Einfluss auf meinen kleinen Jungen. Einer von den beiden, das habe ich heute früh sofort bemerkt, hat mir in den Kübel mit der Hortensie speim müssen. In meine Hortensie! Wo ich so stolz darauf bin, sie jedes Jahr größer und schöner über den Winter zu bringen."

Knödel im Glas legte den Kopf schief und weil er den

Kopf separat vom Körper nicht bewegen konnte, sah es aus, als würde der ganze kleine Fisch leicht zur Seite kippen.

„Griffel", versuchte Dolores es erneut, „war der Karl betrunken, als er dich heimgebracht hat?"

„Pf!", machte Griffels Mutter. „Ich kenne den Karl überhaupt in keinem anderen Zustand als vollkommen betrunken. Selbst bei seiner eigenen Hochzeit war er sturzbesoffen. Mistkerl. Sowas der armen Braut anzutun. Dem hätte ich fei in die Schuhe geholfen!"

Griffel rührte sich nicht. Er saß mit geschlossenen Augen und hängendem Kopf am Tisch und ignorierte den Kräutertee, aber sein Zeigefinger, einzig sein Zeigefinger zuckte hin und her.

Es klingelte an der Tür. Griffels Mutter sprang sofort auf. „Das wird die Tante Resi sein, wir wollten ja heute gemeinsam in die Messe gehen. Ja, ja, sie ist viel zu früh, aber so können wir vorher noch einen Tee trinken und ein bisschen ratschen. Außerdem…" Sie verließ bereits die Küche. „…wollen wir früh genug da sein, damit wir uns einen Platz aussuchen können. Ich will unbedingt ins Fernsehen kommen. Hab mir extra deswegen gestern die Haare machen lassen."

Dolores hörte, wie die Haustür geöffnet und Tante Resi hereingelassen wurde. Sofort begann Griffels Mutter alle Neuigkeiten zu erzählen.

„Griffel!" Dolores fasste ihn an Arm. „Der Karl hat also nichts getrunken gestern. Warum nicht?" Sie hätte alle Fragen gleichzeitig stellen können, aber das hätte Griffels benebelten Verstand mit Sicherheit überfordert.

„Lecht", hauchte er.

„Ihm war schlecht", nickte Dolores. „Warum? Und warum ist er nicht heimgegangen, wenn ihm schlecht war?" Sie legte das Tablet auf den Tisch, leicht zu Griffel gedreht. „Ihm war schlecht, aber als ich ihn im Trödler gesehen habe, so gegen zwei, schien alles in Ordnung. Griffel, was ist gestern passiert? Wo wart ihr?"

Es dauerte, bis Griffels schnapsgetränkter Verstand diese Erklärung samt Frage verstanden hatte und noch länger schien es zu dauern, bis eine Antwort über die gequälten Lippen kam: „Feia."

„Beim Osterfeuer wart ihr", vermutete Dolores, „am Hinterfeld?"

Griffel reckte einen Daumen in die Höhe.

Dolores kratzte sich am Kopf. Sie hatte den Stift, der zum Tablet gehörte, in der Hand und überlegte. „Das ist merkwürdig. Erst geht ihr alle zum Hinterfeld und baut am Osterfeuer herum, dann kommt ihr alle zum Trödler und schließlich geht es retour? Griffel, so viel lauft ihr doch sonst nicht herum, wenn ihr auf Sauftour seid?"

Der Zeigefinger wackelte.

„Warum dann diesmal?", wollte Dolores wissen.

Griffel verharrte in seiner zerknautschten Sitzposition, aber es war ihm anzusehen, wie er langsam Muskel um Muskel anspannte und sich abmühte. Schließlich, unendlich langsam, stand er auf und torkelte aus der Küche. Dolores sah ihm verwundert nach.

„Der", schimpfte Griffels Mutter, „muss wahrscheinlich wieder aufs Klo. Speim! Resi, ich sage dir, es ist eine wahre Qual, was der Herrgott mir mit diesem Kind auferlegt hat, eine Prüfung, genau das ist es. Komm, Resi, setz dich schon mal ins Wohnzimmer. Du sitzt doch so gerne im Schaukelstuhl und der Dieter ist heute ja nicht da."

„Wo ist er denn?", wollte Tante Resi wissen.

„Ach", sagte Griffels Mutter, „die fahren mit dem Kegelclub doch immer über Ostern in die Pfalz, weil da alle miteinander endlich vier Tage am Stück frei haben. Mei, mir soll's recht sein, hab ich daheim meine Ruhe. Du, Resi, ich bin gleich bei dir, ich muss bloß grad die Frau Gräber noch was fragen."

Eine Tür wurde geschlossen, eine andere geöffnet, aber es war nicht Griffels Mutter, die in die Küche zurückkam, sondern Griffel. Offenbar war er nicht auf der Toilette gewesen, sondern in seinem Zimmer. Er ließ vor Dolores ein Smartphone auf den Tisch gleiten und flüsterte: „Karl."

Dolores nahm es in die Hand. „Das ist Karls Smartphone?"

Mit gestrecktem Daumen ließ Griffel sich wieder auf den Stuhl sinken. Seine Augen wollten immer noch nicht aufgehen und sein Kopf partout nicht in einer aufrechten Position bleiben.

Dolores nahm das Smartphone in die Hand. Es war keine PIN hinterlegt, die sie hätte eintippen müssen.

„Warum hast du sein Handy und nicht er?"

„Lorn."

„Wo verloren?"

Griffels Hand hob sich und der Zeigefinger deutete auf die Wand.

„Bei dir im Zimmer?", vermutete Dolores und sie erinnerte sich an die Topfpflanzen, die bei Griffel auf der Fensterbank standen. Nicht direkt auf der Fensterbank, sondern auf einer Wärmeplatte, bei der das rote Lämpchen leuchtete. Eine Gießkanne und eine Sprühflasche standen daneben. „Hm", überlegte Dolores, „hat das was mit den Marihuana-Pflanzen zu tun, die du ziehst."

Daumen hoch.

„Ihr habt euch also, bevor ihr zum Hinterfeld gegangen seid, einen Joint reingezogen? Aus eigener Zucht?"

Diesmal hob er zwei Finger.

„Zwei Joints?" Dolores schrieb das auf. „Welche Sorte? Die starke?" Darauf reagierte er nicht. „Es wird nicht dem Wolfi sein harmloses Kraut sein gewesen sein… Vielleicht war ihm davon schlecht? Vom Gras?", fragte Dolores. „Bei den neuen Sorten, die es gerade auf den Markt schwemmt, kann schon mal eine dabei sein, die man nicht verträgt." Auf diese Vermutung hin schwieg Griffel und Dolores fuhr fort: „Ihr habt also gekifft und der Karl hat sein Smartphone bei dir vergessen?"

Daumen hoch. „Nimmawusst."

Griffels Mutter betrat die Küche mit erhobenem Zeigefinger. „Frau Gräber", sagte sie, „mir ist was aufgefallen. Ich weiß nicht, ob das wichtig ist, das können Sie vielleicht besser beurteilen. Also, wissen Sie, in unserem Badschrank, da fehlt seit gestern eine ganze Schachtel Speibex, also so ein Medikament gegen Übelkeit und Brechreiz. Die Schachtel war noch fast voll, da hat bloß eine Tablette gefehlt." Sie machte ein bedeutungsschweres Gesicht. „Meinen Sie, das ist wichtig? Ich meine, wo es doch um den Tod vom Karl geht. Der Herr im Himmel weiß, wie schlecht sein Einfluss auf meinen kleinen Gustav war, aber so jung sterben müssen ist schon hart. Meinen Sie, es hat was mit den Tabletten zu tun? Eine ganze Schachtel, Frau Gräber!"

Dolores notierte es. „Das merke ich mir, es könnte tatsächlich eine relevante Information sein."

Griffels Mutter verließ die Küche mit stolzgeschwellter Brust Richtung Wohnzimmer. „So, Resi, jetzt gönnen wir uns erst einmal einen guten Schluck vom Johannisbeerlikör. Den hab ich selbst angesetzt letzten Sommer, nach einem Rezept von der Lotte, und er ist richtig gut durchgezogen. Mei, die Lotte weiß schon, wie sowas geht."

„Den können wir brauchen", sagte Tante Resi, „wenn der Pater Notker die Predigt selbst geschrieben hat. Der kommt vom Hundertsten ins Tausendste und findet kein Ende. Los, schenk ein. Aber kräftig!"

Solange die Damen im Wohnzimmer mit dem Likör

beschäftigt waren, konnte Dolores den Griffel in Ruhe befragen. Auch Knödel schaute interessiert dem Verhör zu.

„Nimmawusst?" Mit diesem Kauderwelsch konnte sie nichts anfangen, aber Griffel bemühte sich um genauere Informationen: „Nimma ge-wusst."

„Ach so." Dolores machte sich eine Notiz. „Er hat wahrscheinlich gedacht, er hätte das Handy am Hinterfeld verloren, schließlich seid ihr recht lange dort gewesen."

Daumen hoch.

„Als er die Taufe telefonisch absagen wollte, bemerkte er das Fehlen seines Handys. Ihr seid zum Hinterfeld zurück, um es zu suchen."

Daumen hoch.

„War die Theodora auch dabei?"

Daumen hoch. „Anseseit."

„Die ganze Zeit, so, so." Dolores rückte etwas näher zu Griffel und sprach leiser: „Hat der Karl etwas mit der Theodora gehabt? Du weißt schon, die Theodora, die angeblich mit jedem was hat?"

„Obacht!" Diese Warnung kam sehr deutlich und energisch und diesmal hob er nicht bloß einen Zeigefinger, sondern bekam sogar die Augen einen Spalt weit auf. Zumindest das linke Auge.

„Nedschlechdibagroseliebe."

„Große Liebe?", hakte Dolores nach. „Der Karl und die Theodora? Du willst mich doch verarschen. Der Karl war mit der Gundula verheiratet und hat zwei Kinder mit ihr, da kann die Theodora doch keine große Liebe sein."

Der Daumen ging hoch und gleich danach streckte er drei Finger. Dolores stutzte. „Das ging seit drei Wochen? Lächerlich! Schöne große Liebe."

Fingerwackeln.

„Monaten? Seit drei Monaten? Öha."

Fingerwackeln.

„Jahre!", stieß sie aus. „Er hatte seit drei Jahren ein Verhältnis mit der Theodora?! Das kann doch nicht wahr sein!"

Daumen hoch. „Wanga."

„Auch das noch!" Dolores hätte jetzt auch gern ein Schlückchen vom Johannisbeerlikör gehabt. „In welchem Monat?"

„Fisch."

Das hatte nichts mit Knödel zu tun, er brachte lediglich kein „frisch" heraus. „Also weiß es noch keiner? Nur du? Wollte er sich von der Gundula trennen? Scheidung?"

„Weil", begann er mühsam zu lallen,

„brauchdbubfirsimmarei."

„Die Zimmerei", widersprach Dolores, „steht kurz vor der Pleite. Er hätte jetzt sofort einen Investor gebraucht und einen guten Buchhalter und nicht in dreißig Jahren einen Erben."

„Kirchwies." Manchmal, also wenn er sich anstrengte, brachte er tatsächlich Worte heraus, die eindeutig zu verstehen waren.

„Kirchwies." Dolores verstand. „Er hat gemeint, er würde mit dem Neubaugebiet an der Kirchwies genügend Aufträge bekommen, um die Zimmerei auf solide Beine zu stellen?"

Plötzlich riss Griffel die Augen auf und starrte Dolores an. „Simmerei nur aufm Papier Bankrott, bissie Scheidung durchis und die Gundula gar nix vom Vermögen nicht bekommen tut." Er würgte. „Am Ostermontag… Zur Theo. Zur Toi…" Er sprang auf und eilte zur Toilette und diesmal war er wirklich dort, denn Dolores hörte ihn fürchterlich würgen und erbrechen.

Sie nahm Karls Smartphone zur Hand und fand ein Selfie von Karl und Theodora und wie es aussah, hatte Griffel mit seinen Informationen vollkommen Recht. Eng umschlungen turtelten sie oben im Wald, wo die alten Stützen vom Skilift standen und am

Weiher, wo sie auf der Bank zwischen den Büschen saßen, eng beisammen. Im Schatten hinter der Bank glaubte Dolores für einen Moment ein Gesicht zu sehen, aber als sie das Bild heranzoomte, war sie nicht mehr sicher. Es waren eher Äste und Schatten. Dolores wartete mehrere Minuten, aber Griffel blieb weg. Im Nebenraum wurden die Gespräche lustiger und lauter. „Freilich schaffen wir eine zweite Flasche", fand Tante Resi. „Ist eh fast nichts drin in deinen kleinen Dingern."

Das, fand Dolores, war ein guter Moment, um sich leise aus dem Haus zu stehlen. Sie nahm Knödel und das Smartphone und ging.

Wohin als nächstes? Gar zum Ende?

Gundula	Seite 48
Griffel	Seite 75
Abdullah	Seite 96
Lotte	Seite 122
Torben	Seite 145
Berthold	Seite 170

Obacht! Vorsicht! Die Auflösung beginnt auf Seite 185.

Abdullah – Feuer und Flamme für den Burschenverein

Senegal. Seine Eltern, die vor mehr als zwanzig Jahren ins Dorf gekommen waren, stammten aus dem Senegal. Daran wurde Dolores Gräber erinnert, als sie mit Knödel im Arm vor der offenen Haustür stand und außer zwei weißen Augäpfeln nichts sah. Im Haus war es stockdunkel und Abdullahs schwarze Haut verschwand in eben dieser Dunkelheit.

„Frau Gräber", gähnte er und eine Reihe weißer Zähne schien in der Tür zu schweben. „Guten Morgen."

„Guten Morgen, Abdullah", sagte Dolores. „Ich weiß, es ist früh. Kann ich trotzdem bitte reinkommen?"

Es war nicht zu sehen, ob Abdullah irgendeine Geste machte. „Bitte, bitte", sagte er. „Kaffee? Tee? Schoko-Eier? Winzling, alle Rollos auf."

In diesem Moment setzte ein Surren im ganzen Haus ein und langsam stahl sich die Morgensonne durch die Spalten in den Rollläden. Es wurde hell im Haus. Dolores staunte. Von außen wirkte die Doppelhaushälfte wie ein gewöhnliches bayerisches

Haus. Holzverschalung, Fenster mit Sprossenkreuz, die Farben traditionell braun und das Rundherum eher bieder mit Staketenzaun und Apfelbäumchen. Bei der Bebauung der Dorfmitte musste man sich schon an die Regeln halten.

Innen aber, innen war Abdullahs Haus topmodern und sehr stylisch. Viel Weiß, sehr viel klare Linie. Wenige, sündhaft teuer aussehende Möbel mit bewusst gewählten Deko-Gegenständen. Dolores bekam den Mund gar nicht zu. Sie blieb vor einem Gemälde stehen, das sie vage aus dem Internet kannte.

„Klecksi." Abdullah wusste natürlich, wie der Künstler hieß. „Ich habe es auf einer Auktion in London gekauft. Es spricht mich an, weil es – für mich – die Rolle des Individuums in der Gesellschaft verkörpert. Sehen Sie, wie diese Punkte einen Kreis formen? Man ist allein, als Punkt, und trotzdem Teil eines großen Ganzen. Dazu die Farben, die Größe... Ich musste es haben, Frau Gräber, ich musste einfach."

Er brachte sie an einer lebensgroßen Bronzestatue vorbei in eine Designerküche, bei der selbst die Obstschale mit drei Äpfeln teuer aussah. Dolores traute sich kaum, sich an die Theke zu setzen. Sie stellte Knödel ab und der kleine Fisch hatte etwas zu schauen. Ihn interessierte eine chinesische Vase, die auf der Anrichte stand.

„Klimbim", sagte Abdullah. „Keine Ahnung, welche Dynastie. Hat mir ein Geschäftspartner aus Hongkong geschenkt. Er sagt, die Vase sei echt, könnte aber auch *Made in China* sein."

„Aha."

Anscheinend hatte Dolores Abdullah geweckt, denn er trug einen schwarzen Morgenmantel aus einem Material, das ganz nach Seide aussah. Es floss wie Wasser um seinen Körper und machte dabei kein einziges Geräusch.

„Weißt…" Dolores musste sich räuspern und sie schaute sich um, als sie hinter sich ein Surren hörte. Ein kleiner runder Roboter bahnte sich seinen Weg über den Marmorfußboden.

„Ignorieren Sie meinen Roboter", sagte Abdullah. „An Feiertagen pflege ich auszuschlafen, da darf der Roboter den Boden reinigen. Mit Ihrem Besuch haben Sie die Routine gestört, aber machen Sie sich keine Sorgen, es ist schön, Sie hier zu haben. Winzling, einen Espresso. Für Sie auch, Frau Gräber? Mei, ich weiß noch, dass Sie in der Zulassungsstelle pausenlos Kaffee getrunken haben."

Auf der Arbeitsfläche stand ein unglaublich großer schwarzer Kaffeevollautomat mit Milchkühlfach und Display neben einer chromblitzenden Siebträgermaschine und jetzt gluckerte Espresso aus dem Vollautomaten in eine bereitgestellte Tasse. Abdullah holte sie sich. „Winzling, wie viele Nachrichten sind eingegangen?"

„Dreihundertzwölf", sagte eine Computerstimme. „Zwei Nachrichten von Berthold, der Informationen zum heutigen Abendessen möchte."

„Wow", machte Dolores leise, „hier ist alles computergesteuert."

Abdullah setzte sich ihr gegenüber an die Theke. „Freilich, Frau Gräber, als Spezialist für KI bin ich natürlich ganz vorne mit dabei, was die neuesten Entwicklungen angeht. Mein Kühlschrank zum Beispiel bestellt eigenständig nach, wenn Grundnahrungsmittel zur Neige gehen. Butter, Milch, solche Sachen eben. In der Firma arbeiten wir gerade an Drohnen, die Lieferungen durchführen. Medikamente, Essen und so weiter. Gesichtserkennung spielt eine Rolle, damit ausschließlich der richtige Empfänger beliefert wird."

Das erklärte, woher das Geld für diesen

unbeschreiblichen Luxus kam. „Wo arbeitest du?"

„In München", kam die knappe Antwort. „Der Name der Firma wird Ihnen nichts sagen. Ist ein Start-up und Gott sei Dank keine staatliche Firma." Blitzsaubere Fenster mit teuren Orchideen auf dem Fensterbrett. Das waren keine billigen Dinger, wie man sie im Baumarkt oder im Discounter zu kaufen bekam. Marmor, Granit, Edelstahl. Alles in diesem Haus, Abdullah eingeschlossen, strotzte vor Reichtum.

„Abdullah", begann Dolores schließlich, „weißt, wir haben den Karl…"

„…tot am Maibaum gefunden." Er stellte seine Espressotasse ab. „Das weiß ich, Frau Gräber." Er wischte auf dem Smartphone, das er die ganze Zeit in der Hand hielt, und zeigte es Dolores. „Eine meiner Drohnen hat heute früh Meldung gemacht und ein Foto geschickt."

Tatsächlich war auf dem Bild Karl zu sehen, der leblos am Maibaum hing. Hinter ihm ging die Sonne auf. Ein Programm scannte das Gesicht, identifizierte die Person und erstattete Meldung, weil die Füße der Person nicht wie gewöhnlich auf dem Boden standen, sondern zwei Meter drei darüber baumelten. Damit konnte die KI nichts anfangen.

„Du hast Drohnen, die durchs Dorf fliegen?"

„Natürlich nicht."

Dolores zeigte nachfragend auf das Smartphone.

„Offiziell", erklärte Abdullah, „habe ich keine Drohnen, die ohne offensichtlichen Besitzer durchs Dorf fliegen. Wissen Sie, Frau Gräber, die Menschen schätzen es nicht, wenn scheinbar sinnlos Drohnen über ihnen fliegen. Das lässt die Leute nicht an neue Technologien denken, sondern an boshafte Roboter, die die Weltherrschaft übernehmen wollen."

„Kann ich verstehen", sagte Dolores. „Und wie ist es tatsächlich?"

„Bitte?"

„Nun ja", erklärte Dolores, „du sagtest, du hättest offiziell keine Drohnen, die durch das Dorf fliegen. Offiziell." Sie schickte einen eindringlichen Blick hinterher.

Abdullah erwiderte den Blick erst ernst, dann begann er breit zu lächeln. „Unter ihrer Dauerwelle schlummert ein messerscharfer Verstand. Das dachte ich mir schon." Er drehte das Smartphone und legte es zwischen sie beide. „Ich weiß aber auch, dass Sie absolut verschwiegen sein können."

Dolores hob drei Finger der rechten Hand.

„Ehrenwort."

„Also." Abdulla entschied sich nun doch für einen Laptop, bei dem der Bildschirm einfach größer war. Er rief ein Programm auf. „Wir arbeiten an einer Software, die außerhalb der banalen Liefertätigkeiten eventuell im Überwachungsbereich oder bei Sicherheitsfragen eingesetzt werden kann, deshalb fliegen derzeit jede Nacht achtundvierzig Drohnen durch das Dorf, auf Routen, die ein Algorithmus selbstständig berechnet."

Auf dem Bildschirm waren Drohnen als rote Punkte zu sehen und Flugbahnen als gestrichelte Linien. Ein einziges Wirrwarr aus Farbe und Daten. Dolores suchte nach Regelmäßigkeiten.

„Die Drohnen", erklärte Abdullah weiter, „erstatten Meldung, sofern sie etwas Ungewöhnliches bemerken." Er seufzte. „Es wird besser mit der Zeit. Am Anfang des Versuchs waren es Katzen beim Rangeln oder ein tapsiger Dachs, der die Software alarmiert hat. Was die KI nicht kennt, muss sie erst lernen. Mittlerweile…" Er überlegte. „Ja, wir sind bei etwa zehn Meldungen pro Nacht angekommen. Das waren am Anfang hundertmal so viel."

„Tausend Meldungen!"

Abdullah holte sich einen zweiten Espresso. „Es

dauert nicht lange, diese Meldungen zu bearbeiten, weil es sich, das muss ich leider zugeben, meist um Banalitäten handelt. Schauen Sie, hier zum Beispiel hat jemand einen alten Kühlschrank neben der Garage abgestellt. Das kommt der Drohne verdächtig vor, weil sie keine Kühlschränke kennt. Oder hier, ein großer Haufen Brennholz. Sowas kennt die KI auch noch nicht, das muss sie erst lernen. Vor allem muss sie lernen, wie unterschiedlich Brennholzhaufen aussehen können. Für Kinder ist so etwas ein Klacks, die kapieren es sofort, die KI muss es sehr, sehr mühsam lernen." Er schmunzelte leise. „Betrunkene, die eine außergewöhnliche Körperposition einnehmen, machen unsere Software ebenfalls nervös. Wie hier der Besoffene, der neben Theodoras Haus erbricht. Die KI muss erst noch lernen, betrunkene Menschen von hilfesuchenden zu unterscheiden." Er zeigte auf ein Foto, das von Drohne Nummer 1327 gemacht worden war. „Mit diesem Bild konnte die Software nichts anfangen, weil der Mensch, den sie identifizierte, also der Karl, nicht mit den Füßen auf dem Boden stand. Er schien zu schweben und schwebende Menschen, das weiß die KI, gibt es nicht. Deshalb Fehlercode 42."

Dolores klebte mit der Nase fast am Bildschirm. Sie schaute auf die Uhrzeit, die die Drohne aufgezeichnet hatte. „Sechs Uhr acht. Gibt es davon auch Videoaufzeichnungen? Oder von kurz vorher?"

Abdullah klickte rasend schnell mit der Maus. „Jeder Fehlercode 42 wird mit einer Videoaufzeichnung hinterlegt. Schauen Sie ruhig, Frau Gräber, aber es wird nichts helfen. Leider."

Auf dem kurzen Video war zu sehen, wie eine Person den Karl unter den Maibaum schleifte, ihm einen Strick um den Hals legte und dann am Maibaum hochzog, bis die Füße weit über dem Boden waren. Sie schlang den Strick mehrfach um den Maibaum und verknotete das Ende.

Leider war diese Person nicht zu erkennen, obwohl die Drohne die Position änderte. Das Gesicht lag im Dunkeln, ein übergroßer Kapuzenpulli kaschierte die Figur und die Jogginghose war zu groß, zu weit und dreimal an den Hosenbeinen umgeschlagen. Anscheinend, so sah es jedenfalls aus, war die Kleidung mit Füllmaterial absichtlich unförmig ausgebeult.

„Das war Mord!", stieß Dolores aus. „Wie ich es mir gedacht habe. Jemand hat den Karl umgebracht und an den Maibaum gehängt."

Knödel schaute auf den Bildschirm und verharrte dabei ganz still vorn am Glas. Er wandte den Blick nicht von der Aufzeichnung weg, als würde er überlegen, ob er die Person kannte.

„Leider", sagte Abdullah, „sind die Drohnen nicht darauf programmiert, bei solchen Unstimmigkeiten die Behörden zu informieren. Ein Fehler, den ich beheben werde. Es zeigt sich ja anhand dieser Situation, wie wichtig es ist, sofort Maßnahmen zu ergreifen. Man hätte den Täter sofort festnehmen können."

Dolores hob die Schultern. „Falls der Schnecken-Simon entgegen seiner üblichen Art die Beine in die Hand genommen hätte."

„Im Notfall", meinte Abdullah, „wird er schon gangig. Er hätte den Täter festnehmen können und wäre die Karriereleiter wieder ein paar Stufen hinauf gepurzelt. Was für ein Erfolg!"

„Meinem Gefühl nach", sagte Dolores, „war es eher eine Täterin, was meinst du?"

Abdullah schaute die Aufzeichnung mehrmals an. „Manche Bewegungen lassen auf eine Frau schließen, andere auf einen Mann. Sehen Sie, mit welcher Kraft die Bewegungen erfolgen, mit denen der Karl hochgezogen wird? Der Karl dürfte an die neunzig Kilo wiegen, da braucht es Kraft, mehr Kraft jedenfalls als die meisten Frauen haben." Er klickte auf das Bild und das Video begann von vorne. „Andererseits hat diese Person den Strick zuerst um das andere Schild am Maibaum geworfen, den Strick wieder abgenommen und dann um das Schild des Gartenvereins gelegt. Solche Details, Frau Gräber, lassen auf eine Frau schließen. Männer sind in dieser Hinsicht… pragmatischer. Wenn was hängt, dann hängt es."

Bei Dolores begannen einige Frauen im Kopf herumzuspuken. Sie suchte nach Gemeinsamkeiten und Hinweisen.

„Stellt sich die Frage", sagte Abdullah, „warum der Karl aufgehängt wurde? Ich meine, einmal umbringen reicht doch, oder, und er war offensichtlich schon vor dem Aufhängen tot? Stranguliert, vielleicht, mit dem Strick?"

„Wann", fragte Dolores, „hast du den Karl zuletzt gesehen? Du selber, nicht die Drohnen?"

Abdullah trank seinen Espresso leer, behielt die Tasse jedoch in der Hand. „Gegen Mitternacht", erinnerte er sich. „Wir waren alle am Hinterfeld, wissen Sie, wegen des Osterfeuers, das wir dort aufgebaut haben. Traditionell wird immer sehr viel getrunken zu diesem Anlass. Mei, Ihre Nachfolgerin in der Zulassungsstelle ist eine ganz schöne Kratzbürste. Morgens um acht ist die schon grantig. Als ich letztens den Ferrari zulassen wollte, hab ich gedacht, die frisst mich auf."

Dolores spürte etwas an ihrem Fuß. Es war der Roboter für die Fußbodenreinigung. „Entschuldigung", sagte sie und nahm die Füße hoch. „Ich hab Frau Wissig nur kurz kennengelernt. Sie wollte nicht zu meiner Abschiedsfeier kommen, sie hat bloß ihre Sachen schnell auf den Schreibtisch gestellt."

„Wissig", murmelte Abdullah. „So, so."

„Hast was vor mit ihr?" Dolores hob den Zeigefinger. „Die ist verbeamtet. Vorsicht! Die lässt dich sonst beim nächsten Auto eiskalt auflaufen. Mit einer deutschen Beamtin ist nicht zu spaßen."

„Ist sie strafversetzt worden?"

Dolores wusste es, aber sie zuckte die Schultern. „Wie gesagt, sie hat keine zwei Sätze mit mir geredet."

„So, so."

„Der Karl", kam Dolores zum Thema zurück, „war der auch betrunken?"

Abdullah dachte nach und sagte schließlich zögernd: „Wissen Sie, Frau Gräber, mir ist es ein wenig unangenehm, diese Sache mit dem Karl und seiner Clique."

„Inwiefern?"

„Nun ja…" Abdullah fröstelte und wickelte seinen Morgenmantel fester. „Winzling, Heizung Küche drei Grad höher." Etwas klackte sehr leise. „Nun ja… Der Karl und seine Clique…" Abdullah tat sich offenbar schwer damit die richtigen Worte zu finden. „Also, Frau Gräber, das Osterfeuer ist eine Sache des Burschenvereins, das wissen Sie?"

Dolores nickte.

„Burschen", sagte Abdullah, „das sind junge, unverheiratete Männer, die am Anfang ihres Lebens in voller Schaffenskraft stehen." Er machte eine bedeutungsschwere Pause. „Keine Mittvierziger am Beginn ihrer Midlife-Crisis, die daheim eine Familie warten haben. So gern ich den Karl mochte, ich mochte ihn wirklich, weil er immer lustig und gut drauf war, aber beim Burschenverein wollte ich ihn und seine Clique lieber nicht mehr dabeihaben. Einfach, weil sie alle vom Alter her nicht zu uns passen." Er stand auf und holte sich ein Glas Leitungswasser. Beiläufig stellte er auch Dolores eins hin. „Schauen Sie, Frau Gräber, ich bin fünfundzwanzig. Der Berthold, der auch viel Verantwortung im Burschenverein trägt, ist zweiundzwanzig. Alle sind ungefähr in diesem Alter, alle ungefähr zwischen beinahe volljährig und Mitte zwanzig, der älteste im Burschenverein ist der Konstantin und der ist einunddreißig. Er heiratet nächstes Jahr und hört dann im Burschenverein auf, weil sich die Prioritäten verschieben. Verstehen Sie?" Dolores nickte. „Beim Karl und seiner Clique hat sich nichts verschoben, von den Prioritäten her."

„Hinter vorgehaltener Hand", sagte Abdullah, „nennen wir sie die Opas. Das ist nicht böse gemeint, nur meinen wir halt, die Opas sollten sich lieber in einem anderen Verein engagieren. Vielleicht bei der Spätlese oder dem Veteranenverein. Es gibt ja Möglichkeiten, um sich ehrenamtlich einzubringen. Oder der Naturschutzbund, der sucht immer Leute, die Frösche über die Straße tragen."

An der Wand kam plötzlich Leben in einen Bildschirm. Ein internationaler Nachrichtensender begann zu laufen und eine leise Stimme auf Arabisch zu sprechen. „Winzling, Ton Fernseher Küche aus."

„Wie es aussieht", vermutete Dolores, „war der Karl anderer Meinung, was den Burschenverein angeht?"

„Der Griffel auch", nickte Abdullah. „Die Theodora natürlich und alle, die gern mit dem Karl abhängen. Didi, Schnucki, Wurzel und die Cheerleader." Er lachte kurz und trocken. „Die Cheerleader haben seit drei Jahren keinen Auftritt mehr hinbekommen, weil die Hälfte des Teams wegen Krankheit ausfällt. Nicht wegen Husten, Schnupfen oder Kater, Frau Gräber, sondern wegen Hüfte, Knie und Schulter." Er lachte noch einmal laut und kurz. „Hüfte, Knie und Schulter! Das sind Erkrankungen in einem Altersheim, nicht bei einer Cheerleader-Gruppe." Er beugte sich zu Dolores und flüsterte: „Die Mutter vom Griffel hat ihm ein Trikot genäht aus hundert Prozent Baumwolle, damit der arme Bub nicht so schwitzen muss, wenn er beim Fußball am Wochenende zuschaut. Zuschaut, Frau Gräber, der Griffel läuft nicht selber übern Platz. Und Sie wollen nicht wissen, wie das Logo aussieht, das Griffels Mutter aufs Trikot gemalt hat. Gemalt!"

Der kleine Bodenreinigungsroboter hatte die Küche wohl fertig und kümmerte sich nun um den Fußboden im Flur. Dolores schaute ihm nach und auch Knödel schien sich über das neumoderne Dingens zu wundern.

„Wissen Sie", fuhr Abdullah fort, „zweimal schon

habe ich mit Karl das Gespräch gesucht. In der Firma bin ich für ein Team von zwanzig Leuten verantwortlich, ich weiß, wie man Konflikte angeht. Allerdings habe ich beim Karl auf Granit gebissen und er hat mir nicht geschmeckt. Beim ersten Mal war ich sehr freundlich und habe durch die Blume gesagt, er möge sich lieber seiner Familie widmen und dem Kind. Damals hatte er bloß die kleine Emma, da war vom Karlchen lang nicht die Rede. Beim zweiten Gespräch war ich sehr deutlich. Karl, habe ich gesagt, ihr seid keine Burschen mehr und solltet euch deshalb anderen Vereinen widmen. Daraufhin hat der Karl gelacht, Bier für alle ausgegeben und ist einfach dageblieben. Er hat mich quasi mit mir selbst streiten lassen." Abdullah wischte nebenbei auf seinem Smartphone herum. „Gestern Nacht gegen zwölf habe ich ihn zuletzt gesehen. Er hat sich übergeben, direkt auf die Couch, auf der wir sitzen wollten, wenn das Osterfeuer brennt."

Dolores horchte auf. „Ihm war also schlecht?"

„Und wie!", nickte Abdullah. „Die vollgekotzte Couch haben wir oben auf den Scheiterhaufen gelegt, die wird heute Nacht mit verbrannt. Zum Glück hat Torbens Oma außer dem ganzen Schnaps auch ein Sofa hinterlassen, auf dem wir sitzen können."

„Hast du eine Idee", fragte Dolores weiter, „warum ihm schlecht war?"

Abdullah legte das Smartphone weg. Eine winzige Drohne kam in die Küche gesurrt, schwebte einen Moment in der Mitte des Raumes und flog wieder hinaus.

„Nicht vom Saufen", sagte Abdullah. „Gesoffen hat er diesmal nämlich kaum etwas, weil ihm von Anfang an schlecht war. Er ist mit seiner Entourage aufgetaucht und hat sofort gejammert, wie schlecht ihm sei. Weil wir keine Unmenschen sind, haben wir es mit Hausmitteln probiert, also ein Stamperl Kräuterschnaps, aber die Übelkeit blieb. Theodora meinte, er müsste vielleicht etwas essen. In seinem Alter… Das hört der Karl nicht gern, aber er ist keine zwanzig mehr und verträgt den Alkohol wohl nicht mehr so gut. Theodora meinte, er solle was essen."

„Bratwürstel?", vermutete Dolores. Es gab immer Bratwürstel und Semmeln, wenn das Osterfeuer aufgebaut wurde.

Abdullah nickte. „Drei im Weggla hat er gegessen und es schien ihm besser zu gehen. Jedenfalls hat er einen von den Bananenmuffins gegessen, die die

Gundula gebacken hatte. Anscheinend wollte sie gut Wetter machen und hat einen ganzen Schwung Muffins gebacken und dem Karl mitgegeben."

„Wow", staunte Dolores, „du hast dir wirklich viel gemerkt."

„Das ist keine große Kunst", winkte Abdullah ab. „Ich habe eine KI programmiert, die den Verzehr von Grillgut akkurat protokolliert. Bei den Muffins war es noch einfacher. Gundula macht immer Rosinen in ihre zuckerfreien Bananenmuffins, aber weil der Karl im Gegensatz zu allen anderen gebackene Rosinen wie nichts anderes hasst, war genau der eine zerkrümelte Muffin mit den nachträglich reingedrückten rohen Rosinen für ihn allein bestimmt. Winzling, Fenster im Schlafzimmer schließen."

Plötzlich begann die Mikrowelle zu surren. Hinter dem erleuchteten Fenster drehte sich ein Teller und als es Ping machte, holte Abdullah eine Schüssel mit Porridge heraus. Den Löffel aus der Schublade musste er selbst holen, der kam nicht von Roboterhand geliefert.

„Von den Würsteln hat niemand sonst Übelkeit bekommen?", fragte Dolores nach. „Oder von den Muffins?"

Abdullah rührte sein Porridge kräftig durch. „Alle sind kerngesund und fidel und wie gesagt, war dem Karl schon übel, als er gekommen ist. Vielleicht…" Er hob mahnend einen Zeigefinger. „Aber das ist bloß ein Verdacht. Der Karl und der Griffel genehmigen sich gern einen Joint und der Griffel baut das Zeug daheim an. Wissen Sie, Frau Gräber, ich würde lieber nichts rauchen, das der Griffel daheim angebaut hat. Er ist kein besonders guter Gärtner und seine Mutter geht gerne mit allerlei Chemie gegen kränkelnde Pflanzen vor. Vielleicht war der Joint nicht gut oder der Karl hat ihn nicht gut vertragen. Wer weiß, welche Pestizide mitgeraucht wurden?"

Es dauerte nur Sekunden, um diese Information aufzuschreiben. „Gegen Mitternacht also ist der Karl gegangen?"

Abdullah machte eine Geste mit der Hand. „Warten Sie kurz." Er wischte auf seinem Smartphone herum und nickte schließlich. „Um null Uhr vierzehn wurde er von einer Drohne erfasst, da sieht man ihn und Theodora Richtung Dorf zurückgehen." Er zeigte ihr das Foto, das die Drohne gemacht hatte. „Er sagte, er wolle zum Trödler, um Karlchens Geburt endlich zu feiern."

„Karlchen…"

„Genau das ist es", seufzte Abdullah. „Die Geburt eines Kindes feiern… Burschenverein. Das sind zwei Gegensätze, die einfach nicht zueinander passen. Gestern hab ich es ihm nochmal gesagt. Sehr deutlich. Das war kein schönes Gespräch, denn er hat…" Er stand plötzlich auf. „Ich bekomme gerade einen Anruf aus Singapur. Frau Gräber, ist es in Ordnung, wenn ich rangehe? Das dauert bloß ein paar Minuten."

Dolores nickte natürlich. Sie hätte gern gewusst, worum es in dem Gespräch ging, aber vermutlich waren es technische Dinge. Künstliche Intelligenz, Drohnen und so weiter.

Während sie auf Abdullah wartete, ließ sie die Beine baumeln und beobachtete den Roboter, der kurz in die Küche zurückkehrte, aber sofort kehrtmachte und sich wieder dem Flur widmete. Als er außer Sichtweite war, guckte Dolores in der Küche umher. Sie entdeckte einige Kameras, die den Raum überwachten, und fühlte sich augenblicklich unwohl. Etwas dämlich winkte sie in eine Kamera an der Decke, bis ihr plötzlich eine Idee kam.

„Winzling", sagte sie, „wann ist Abdullah heute Nacht nach Hause gekommen?"

„Das Türschloss wurde um vier Uhr achtzehn von Abdullah entriegelt", kam die prompte Antwort.

Dolores hob überrascht und interessiert zugleich die Augenbrauen. „War er allein?" Aber sie verbesserte sich sofort: „Winzling, ist Abdullah heute Nacht allein nach Hause gekommen?"

„Korrekt."

„Winzling", fragte Dolores weiter, „hatte Abdullah Streit mit Karl?"

Diesmal dauerte die Antwort den Hauch einer Sekunde länger: „Bitte definieren Sie *Streit* genauer."

Ja, so war es mit der künstlichen Intelligenz. Sie war ziemlich schlau, wenn es um Faktenwissen ging, aber schwächelte, wenn es sich um bloße Verdachtsmomente oder ein unstimmiges Bauchgefühl handelte.

„Winzling", versuchte Dolores es erneut, „hast du Aufzeichnungen über aggressive Konflikte oder laute Gespräche zwischen Abdullah und Karl?"

„Negativ", antwortete die Intelligenz, die Abdullah Winzling getauft hatte. „Korrekt. Es liegt ein Chatverlauf aus dem letzten Dezember vor, bei dem überdurchschnittlich häufig Schimpfworte genannt werden. Dieser Disput endete mit einem Löschen des Kontaktes."

Letzter Dezember. Dolores seufzte. Das war bestimmt der Streit über die Mitgliedschaft im Burschenverein. Um ein Motiv für den Mord an diesem Morgen zu liefern, war er zu lange her.

„Hätte ja sein können", seufzte Dolores. Sie holte aus ihrer Handtasche das Döschen mit den gefriergetrockneten Mückenlarven heraus und ließ drei Stück davon in Knödels Spazierglas fallen. Der Kugelfisch machte sich sofort darüber her. „Weißt", sagte Dolores, „selbst für einen Kugelfisch bist du ungeheuer gefräßig."

„Kugelfisch", begann die künstliche Intelligenz zu plappern. „Carinatetraodon travancoricus ist von seinem Verwandten Carinatetraodon imitator nur schwer zu unterscheiden, da beide Kugelfischarten eine ähnlich dunkle Fleckfärbung auf gelblichem Untergrund aufweisen. Alle Kugelfische verfügen über ein stark wirksames Gift und können sich bei Gefahr aufblasen, wobei der Begriff *aufblasen* irreführend ist. Der Kugelfisch pumpt abrupt Wasser in seinen Körper…"

„Winzling", seufzte Dolores, „hör auf mit der Erklärung!"

Die Stimme stoppte und Dolores atmete auf. „Meine Güte, wann das Ding zu sprechen hat, muss es erst noch lernen." Sie lächelte, als sie Knödels große Augen bemerkte, mit denen der Kugelfisch in die Küche schaute, während er die dritte Mückenlarve wie eine Spaghetti in sein Maul saugte. Dolores stützte einen Arm auf den Tisch und legte den Kopf darauf. „Als wüsste ich nicht um deine Giftigkeit. Tetrodotoxin, dein starkes Nervengift, das zu Atemlähmung und Kreislaufkollaps führt." Sie wurde nachdenklich und kratzte sich am Hinterkopf, wo eine vorwitzige Dauerwelle gern zu kitzeln begann. „Gift…"

Mit einem schnellen Griff holte Dolores ihr Tablet heran. „Wahrscheinlich", ging sie dem Verdacht weiter, den sie seit dem Fund der Leiche hegte, „ist der Karl tatsächlich vergiftet worden, wegen der Übelkeit und dem Erbrechen und weil er ja tot war, ehe er am Maibaum aufgehängt wurde." Sie begann im Internet zu suchen, überlegte es sich aber anders. „Winzling, welches Gift führt beim Menschen zu Übelkeit und Erbrechen und ist leicht zugänglich?"

„Entschuldigung", sagte die Intelligenz. „Diese Anfrage beantworte ich aus Sicherheitsgründen nicht. Es wird ein Vermerk angelegt. Diese Anfrage wird aus Sicherheitsgründen nicht beantwortet."

Ausgerechnet in diesem Moment kam Abdullah

zurück. Er ließ sein Smartphone auf den Tresen gleiten und lächelte. „Haben Sie sich gut mit dem Winzling unterhalten? Wissen Sie, Frau Gräber, ich wollte der KI keinen echten Namen geben. Menschen haben Namen und geliebte Haustiere auch. Eine KI ist ein Werkzeug und ich kenne keinen, der seine Bohrmaschine Alfred oder seinen Hammer Dieter getauft hat."

Dolores nickte betreten. „Es ist ein Vermerk angelegt worden…"

Abdullah drückte einen Knopf am Kaffeeautomaten und ließ sich eine weitere Tasse Espresso heraus. „Haben Sie nach einer Anleitung zum Bombenbasteln gefragt?"

„Nach einem Gift, das leicht zugänglich ist und zu Übelkeit und Erbrechen führt."

Abdullah setzte sich zurück an die Theke. „Ein Sicherheitsmechanismus, Frau Gräber. Es soll nicht zu einfach werden, seine Mitmenschen am Pelz zu kratzen." Er wurde mit einem Mal sehr ernst. „Meinen Sie, der Karl ist vergiftet worden?"

„Übelkeit, Erbrechen." Dolores begann nun doch auf ihrem Tablet zu tippen.

„Er hat", erinnerte sich Abdullah, „immer wieder gähnen müssen. Nein, nicht gähnen, sondern…" Er suchte nach Worten. „Wie heißt das, wenn man immer wieder sehr tiefe Atemzüge macht und dabei die Arme über dem Kopf ausbreitet? Weil es die Lunge entlastet."

„Atemlähmung", vervollständigte Dolores die Suchanfrage in ihrem Tablet und tatsächlich wurden ein paar Giftpflanzen gezeigt, die beinahe in jedem Garten wuchsen.

„Da!" Abdullah zeigte auf eines der Bilder. „Im Herbst ist das ganze Gogast voller Herbstzeitloser und jetzt im Frühling blüht überall der Goldregen. Obwohl, es ist recht warm in diesem Jahr. Die meisten Goldregen-Sträucher sind längst fertig mit dem Blühen."

Dolores nickte. „Ricinus communis", las sie vor. „Wenige Samen führen wenige Stunden nach der Einnahme zu Magen-Darm-Beschwerden und schlimmstenfalls zum Tod durch Atemstillstand. Leider passen diese Symptome aus sämtliche Giftpflanzen."

Abdullah trank seinen Espresso leer. „Unter diesem Aspekt ist es vielleicht nicht mehr ganz so peinlich wie vor einigen Stunden", sagte er leise. „Wissen Sie, Frau Gräber, es gibt ein zweites Foto von Karl, etwas später als das, auf dem er ins Dorf zurückgeht. Es zeigt ihn... hockend. Mit heruntergelassener Hose. Im Nachhinein wirkt es beklemmend, denn Karl hatte plötzlich sehr starken Durchfall. Er hat es nicht mal hinter den nächsten Baum geschafft, sondern musste sich mitten auf dem Feld erleichtern."

„Gift." Dolores war sicher. „Der Karl ist vergiftet worden, aber das war jemandem nicht genug, deshalb hat dieser jemand den Karl am Maibaum aufgehängt. Fragt sich, ob es derselbe Täter oder dieselbe Täterin war. Danke, Abdullah, du hast mir sehr geholfen. Winzling, ich danke schön."

„Ich freue mich, Frau Gräber, wenn ich helfen konnte."

Wohin als nächstes? Gar zum Ende?

Gundula   Seite 48
Griffel   Seite 75
Abdullah   Seite 96
Lotte   Seite 122
Torben   Seite 145
Berthold   Seite 170

Obacht! Vorsicht! Die Auflösung beginnt auf Seite 185.

Lotte – Einpflanzen und Ausreißen

Zweite Straße links, hinein in die Sackgasse. Auf dem aktuellen Dorfplan sah es so aus, als könne man von dieser Stelle bequem auf die Hauptstraße einmünden, dabei waren die letzten, die entscheidenden Meter ein schmaler Fußweg mit mehr matschigen Stellen als Pflastersteinen. Viel zu schmal für ein Auto und viel zu dreckig für Fußgänger. Radfahrer, die sich nicht um ihren Drahtesel scherten oder es besonders eilig hatten, nutzten diesen Weg und auch Kinder, die ohnehin keinen Wert auf saubere Schuhe legten.

Dolores ging ihn diesmal auch, weil es der kürzeste Weg zwischen dem Maibaum und Lottes Wohnung war und weil Dolores keine Lust hatte, Knödel in seinem Glas unnötige Umwege zu schleppen. Immerhin fasste sein Spazierglas fast zwölf Liter, ein ganz schönes Gewicht.

Es war Dolores nicht ganz wohl beim Gedanken an Lotte, an *Lotte* vom Gartenverein, für die ein gepflegter Garten nicht bloß eine Augenweide oder ein Hobby war, sondern eine Frage der Ehre und der Sinn ihres Lebens. Deshalb meinte Lotte, jeder Mensch auf dieser Erde müsse genauso gartenbegeistert sein wie sie und sie konnte es nicht verstehen oder nachvollziehen, wenn jemand die Natur einfach machen ließ.

„Die Natur", pflegte Lotte zu rezitieren, wenn man das Pech hatte sie ohne jeglichen Termindruck anzutreffen, „die Natur ist eine fleißige Baumeisterin, aber sie ist nicht begabt. Alles wuchert wild durcheinander und es ist die Aufgabe des Menschen, also des *denkenden* Menschen, dieses Tohuwabohu in geordnete Bahnen zu lenken."

Lotte hatte ein Buch geschrieben und auf eigene Kosten drucken lassen, in dem sie diese Ansicht genau erläuterte, ausführte, erklärte und in dem sie vor allem jene mahnte, die keinen Großteil ihrer Lebenszeit in Gartenpflege investieren wollten. „Ein Garten muss gepflegt werden, denn ein gut gepflegter Garten ist Ausdruck eines zuverlässigen Charakters und einer pflichtbewussten Einstellung. Wer seinen Garten in Unordnung hält, ist ein liederlicher Mensch und ein Dorn im Fleische der Gemeinschaft." Es war ein grauenhaftes Buch, fand Dolores, die ein Exemplar bei der Tombola letztes Jahr gewonnen und einen kurzen Blick hineingeworfen hatte.

„Weißt", sagte Lotte immer zu Dolores und immer

mit erhobenem Zeigefinger, wenn sie extra für diese Mahnung die Straßenseite gewechselt hatte, „dein Vor-gar-ten…" Sie sprach die Bindestriche tatsächlich sehr deutlich aus und dabei schüttelte sie vorwurfsvoll den Kopf und machte mit der Zunge abwertende Schnalzgeräusche. „Ts, ts, ts."

„Weißt", gab Dolores manchmal zurück, wenn sie der Stimmung nach auf Krawall gebürstet war, „weißt, Lotte, ich hab dein Buch der Schatzkiste gespendet. Es liegt immer noch im Regal."

Die Schatzkiste war ein Second Hand-Laden in der Stadt, dem man alles Mögliche spenden konnte: Bücher, Zeitschriften, Kleidung, Möbel, Geschirr. Was Dolores nicht mehr brauchte, aber zu schade zum Wegwerfen fand, brachte sie gern in die Schatzkiste.

Lotte ließ sich nicht provozieren und hob die Nase höher. „Mein Buch muss man schon zu schätzen wissen, aber dein Vor-gar-ten…"

„Ist gar nicht meiner", gab Dolores zurück. Sie war ziemlich bald, nachdem sie ins Dorf gezogen war, aus der unteren in die obere Wohnung gezogen, eben weil zur unteren Wohnung der Garten mitsamt Pflege gehörte und Dolores weder einen grünen Daumen noch Ambitionen hatte. Lieber stieg sie die

Außentreppe zu ihrer Dachgeschosswohnung hinauf, als hin und wieder den Rasen zu mähen, die Bäume zu schneiden und die Büsche zu düngen.

Als Dolores bei Lotte klingelte, hatte sie vor ihrem inneren Auge den Balkonkasten, den sie im letzten Herbst mit Krokussen bestückt hatte, die nun blühten. Immerhin. Nicht alle Zwiebeln waren aufgegangen und es waren überhaupt bloß blaue Krokusse geworden, statt einer bunten Mischung, aber immerhin. Immerhin.

„Immärr-in", flüsterte eine dünne Stimme von der Seite und Dolores entdeckte *das Medium* zwischen den Müllsäcken, die auf dem Nachbargrundstück gelagert waren. Als *das Medium* Dolores bemerkte, zuckte es zusammen. Madame Sibilla, wie das Medium eigentlich hieß, pendelte nicht über Blumen, sondern über den Müllsäcken. „Immärr-in", flüsterte sie mit ihrem starken französischen Akzent, „ist sich alläs in die Sack verpackt und ste't nischt sich sinnlos in la Gegend."

„Müll halt", zuckte Dolores die Schultern.

„Le Müll." Das Medium schüttelte tadelnd den Kopf.

„Gibt sisch nischt le Müll, zut alors, weil ist sisch alläs die Ro'stoff." Sie zeigte auf Lottes Eingangstür.

„Ist sisch fürschterlisch Frau, die wo nie trennen tut

le Müll. Alläs in ein Tonn'! Papp-ierr, Glass, le Kompost... Zut alors!" Das Pendel schwang hin und her. „Abär diese Müll ist sich tatensaschlisch le Restmüll. Bien." Sie wickelte das Pendel um ihre Hand und schnaubte zufrieden. „Au revoir, Madame Gräbärr. Au revoir, mon petit poisson."

Dolores schaute ihr nach, wie sie nach der Müll-Inspektion den Hang hinaufging und beim nächsten Haus herumzuschleichen begann.

In diesem Moment öffnete Lotte die Tür und setzte sofort ein falsches Lächeln auf, das ihre Mundwinkel wie bei einem Frosch auseinanderzog, aber die Augen nicht erreichte. „Dolores."

„Lotte." Dolores nickte ihr zu und presste ein „Guten Morgen" hinterher.

Lotte verschränkte die Arme. „Dolores."

Neben der Haustür ein buntes Arrangement aus Frühlingsblumen und blühenden Weidenkätzchen, im Vorgarten ein Meer aus Krokussen und Märzenbechern, am Zaun entlang Forsythien, die in voller Blüte standen. Hinter den Fenstern Alpenveilchen.

„Weißt", sagte Lotte schnippisch, „wenn du schon um Hilfe zwecks deinem Vor-gar-ten fragst, Dolores, musst das nicht am Ostersonntag in der Früh machen. Das hätte schon Zeit gehabt bis Dienstag. Man erwartet Ostern schließlich gern Besuch, wenn man ein normaler Mensch ist." Ihr verächtlicher Blick streifte das Fischglas. „Aha, den Fisch hast auch dabei."

Dolores hob das Glas ein wenig an. „Es ist ein *bepflanztes* Mini-Aquarium zum Herumtragen."

Lotte schnaubte. „Pf! Als wären Pflanzen fürs Herumtragen gemacht. Die haben Wurzeln, Dolores, Wurzeln, damit sie an einem Fleck bleiben. Herumtragen. Ts, ts, ts."

„Meinst", fragte Dolores trotz des eisigen Empfangs, „ich könnte den Knödel irgendwo abstellen? Er wird ganz schön schwer."

Die Temperatur schien augenblicklich zu fallen, obwohl die Sonne auf den Eingangsbereich schien. Lotte zog die Augenbrauen nach oben. „Was du dir bloß einbildest. Ich erwarte Besuch, Dolores, da werde ich dich nicht mit deinem dreckigen Fisch und den schmutzigen Tretern ins Haus lassen. Wie schaust überhaupt aus! Bist wieder die Abkürzung gegangen, weil der Weg außen herum ja ach so umständlich und lang ist! Himmelherrschaft, wohin soll diese Faulheit die Menschheit nur führen? Nein, nein! Meinetwegen sprechen wir am Dienstag über deinen fürchterlichen Vor-gar-ten, da habe ich am Nachmittag ein Zeitfenster offen. Aber ich sage dir gleich, mit ein bisserl Unkraut zupfen und Büsche schneiden wird es nicht getan sein. Um deinen grausigen Vor-gar-ten einigermaßen ansehnlich hinzubekommen, werden wir einen Bagger und einen Bautrupp brauchen und du ein dickes Sparkonto. Das wird nicht billig, Dolores, das sage ich dir, und du brauchst auch nicht glauben, eine Spende von zwanzig Euro wäre genug für den Gartenverein und meine Hilfe." Sie fasste sich ans Herz. „Meine Hilfe, Dolores, meine unschätzbare Hilfe ist weit mehr wert als zwanzig Euro."

„Lotte…"

„Dienstag, meinetwegen", unterbrach sie Lotte. „Um halb drei."

„Nein", schüttelte Dolores energisch den Kopf. „Jetzt. Weil es nicht um den dappigen Vorgarten geht, für den ich seit Jahren nicht mehr zuständig bin, sondern um den Karl."

„Welchen Karl?", gab Lotte schnippisch zurück.

„Weißt, Dolores, eine wichtige Persönlichkeit wie ich kennt mehrere Karls. Da ist der Baumgartner Karl, mit dem ich jeden zweiten Sonntag auf den Berg gehe. Ein alter Schulkamerad von früher, aber seine

Frau hat's mit den Knien und kann deshalb nicht mehr wandern. Also gehe ich mit ihm, weil mein Mann auch bloß an seine Briefmarken denkt und keine Sekunde an Bewegung an frischer Luft." Sie dachte kurz nach. „Der Wiesner Karl, den kenne ich auch. Der wohnt am Weiher oben und hat sich letztes Jahr von mir den Garten schön machen lassen. Mei, ein Prachtstück ist das geworden und jetzt blühen sogar die Obstbäume schon in seinem Garten." Wieder dachte sie kurz nach. „Freilich kenne ich auch den Westermann Karl und den Müller aus dem Nachbardorf, der heißt auch Karl, aber den wirst du nicht kennen. Was hättest du auch schon mit einem Müller zu schaffen? Moppelig wie du bist, wirst du dein Brot nicht selber backen und dann braucht man freilich kein erstklassiges Mehl aus der Region." Sie riss die Augen auf. „Hast du dir beim Westermann Karl etwa eine neue Heizung besorgt? Zu mir sagt er, er sei vollkommen überlastet mit neuen Heizungen, aber dir stellt er gleich eine hin! So eine Unverschämtheit, na warte, dem werde ich was erzählen. Den rufe ich gleich an, Sonntag hin, Ostern her."

„Moment!", hielt Dolores sie zurück. „Es geht um den Karl von der Zimmerei…"

„Ach, den Karl meinst du!" Lotte schüttelte abwertend den Kopf und kriegte sich gar nicht mehr ein mit Kopfschütteln. „Diesen Karl meinst du. Obergeschoss, kein Gartenanteil, aber sieben Balkonkästen und daher auch sieben Schandmale im Dorf. Die Pflanzkübel auf dem Parkplatz seiner Zimmerei! Eine Schande! Weißt, Dolores, ein Balkonkasten oder ein Pflanzkübel ist wie ein Garten im Kleinformat. Auch da kann man sich Mühe geben." Sie deutete mit dem Daumen nach oben, wo im ersten Stock vor jedem Fenster ein Balkonkasten hing und jeder Kasten vor Frühlingsblumen nur so strotzte. „Freilich braucht ein Garten mehr Mühe und Planung, aber ein Kasten ist für den Anfang auch in Ordnung, sofern er anständig bepflanzt ist." Sie senkte die Stimme. „Bei dem Karl, den du meinst, ist überhaupt nichts bepflanzt. Er nimmt sich ja sowieso keine Zeit für sowas, aber seine Frau strengt sich auch kein bisserl an. Die lässt alles wuchern und krauten und sprießen, wie es eben kommt. Alles voller Löwenzahn. Die dumme Nudel kann nicht einmal einen Goldregen von einer Forsythie unterscheiden. Ich hab ihr schon tausendmal gesagt, der Goldregen und der Wunderbaum an ihrem Weg gehören weg, sind ja giftig und sie hat doch Kinder, aber bei der spitznasigen Studierten triffst bloß auf taube Ohren." Lottes Finger schoss nach oben. „Die Kündigung liegt schon bereit, Dolores, das kannst mir glauben. Seit seiner Zeit bei den Maulwürfen, weißt schon, der Gartengruppe für Grundschulkinder, ist der Karl Mitglied im Gartenverein, aber jetzt schmeißen wir ihn raus, besser gesagt, ich persönlich schmeiße ihn raus, weil es so nicht geht. Wir können keine Mitglieder brauchen, die sich nicht um ihre Liegenschaften kümmern. Dreimal habe ich ihn offiziell angemahnt und vorher tausend Briefe geschickt. Jetzt ist Schicht im Schacht."

„Echt?", staunte Dolores.

„Freilich", nickte Lotte. „Wer Mitglied sein will, muss seinen Garten, seinen Vor-gar-ten, seinen Krautgarten und jeden Pflanztrog in Ordnung haben." Sie hob die Nase in die Höhe. „Deshalb würde ich dich auch nicht aufnehmen, Dolores, da müsstest vorher schon Arbeit investieren in deinen Vor-gar-ten. Ich bitte dich, ein Seidelbast an diesem Platz... Bei dem ph-Wert! Willst den Busch umbringen?"

Knödel wurde schwer und der gepflasterte Eingangsbereich war einfach zu kalt, um das Glas dort abzustellen. Dolores ließ die Handtasche von ihrer Schulter gleiten und zog ihre Jacke aus, um wenigstens ein bisschen Isolierung zwischen Glas und Boden zu schaffen. „Es ist nicht mein Vorgarten, seit vier Jahren nicht mehr."

„Die Mutter vom Karl", seufzte Lotte, „die hat ihren Garten auch gut in Schuss. Weißt, nicht ganz so toll wie mein Garten, natürlich nicht, aber auch ganz okay. Sie dürfte bloß ihre Hasen nicht übers Gras herfallen lassen. In ihrem Alter hält man ja auch keine Hasen mehr."

„Vielleicht", vermutete Dolores, „wegen der Enkel."

„Kinder!", winkte Lotte ab, „sind der natürliche Feind von jedem Garten. Mir kommen keine Kinder über die Schwelle. Meine Tochter hat ja keine Kinder, die ist vernünftig, aber der Mann, den sie geheiratet hat, bringt heute seine zwei Söhne mit. Vier und sechs Jahre alt. Brauchst nicht glauben, Dolores, die dürften in den Garten. Nix da! Drinnen müssen sie bleiben. Drinnen!" Sie machte plötzlich einen tiefen Atemzug und verschränkte die Arme. „Auch, weil ich einige sehr giftige Pflanzen halte, die nicht in unkundige Hände gehören. Meine Nachbarin, die alte Frau Meier, Gott hab sie selig, die hatte auch einen wunderbaren Garten. Einen so schönen

Garten! Und einen ganzen Flecken voller Herbstzeitloser. Meine Güte, was blühen die herrlich!" Für einen Moment schwelgte sie in Erinnerungen. „Wer weiß, ob die diesen Herbst nochmal kommen. Der Torben und der Karl haben, als die das Haus ausräumten, allen Plunder auf den Rasen geworfen haben. Auf den Rasen!" Lotte packte Dolores am Arm und kniff sie fest. „Von so etwas erholt der Rasen sich doch jahrelang nicht! Als ich das gesehen habe... Ich hätte die beiden glatt erschießen können."

„Aha." Dolores befreite sich aus ihrem Griff. „Oder aufhängen?"

Lotte wich einen Schritt zurück. „Aufhängen? Dolores, deine Redewendungen passen genauso wenig wie der Seidelbast in deinem Vor-gar-ten, der übrigens auch sehr giftig ist. Passt da bloß mit den Kindern auf! Man redet doch nicht vom Aufhängen, wenn einem einer nicht genehm ist. Den lässt man *zamfallen* oder man sagt so daher, man könnte ihn glatt erschießen."

„Aber der Karl", wandte Dolores ein, „ist nicht *zamgefallen* oder erschossen worden, sondern hängt tot am Maibaum."

Lotte fasste sich wieder an die Brust. „Mein Herz!",

ächzte sie. „Ich brauche meine Tropfen. Der Karl. Tot! Bei allen sieben heiligen Kräutern!"

Dolores folgte Lotte ins Haus hinein und hatte kaum den Fuß im Flur, als sie eine Stimme aus einem Zimmer nebenan hörte: „Tür zu! Flattert mir ja alles durcheinander!"

Schnell machte Dolores die Haustür zu und nickte in das Nebenzimmer. „Guten Morgen, Hans-Rüdiger."

„Guten Morgen, guten Morgen", sagte er, allerdings nicht höflich, sondern sehr genervt. „Es wäre ein guter Morgen, wenn ich die Sonderausgabe der *Silbernen Venedig* finden würde. Die hat mir gewiss einer verräumt. Es sind Diebe im Haus, Frau Gräber, Diebe, die mir meine Briefmarken stehlen und meine Socken in die Kühltruhe legen."

„Kühltruhe?"

Lotte packte Dolores am Arm und zog sie mit sich in die Küche. „Ignoriere ihn einfach, meinen Mann." Sie machte eine Scheibenwischbewegung vor ihren Augen. „Alzheimer. Es geht krummbach zu. Seine Socken sind nicht in der Kühltruhe und seine Briefmarken auch nicht, aber das kann er sich nicht merken." Sie griff nach einem dunkelbraunen Fläschchen und nahm einen Löffel aus der Schublade. „Der Karl, einfach so tot."

„Nicht einfach so", sagte Dolores. „Er hängt am Maibaum, aber er ist wohl nicht am Maibaum gestorben." Sie schaute sich in der Küche um. „Hast für deinen Besuch gar keinen Kuchen gebacken?"

Lotte trank einen kräftigen Schluck aus der Flasche. „Den bringt meine Tochter mit. Dolores, ich hasse Backen. Ich backe nie. Keine Torte, keinen Kuchen, keine Cupcakes." Ein weiterer Schluck aus dem Fläschchen folgte. „Und? Weißt schon, wer den Karl umgebracht hat?"

Dolores stellte Knödels Glas auf die Arbeitsfläche, genau zwischen zwei üppig blühende Alpenveilchen. Sie schüttelte unauffällig ihre Arme aus. „Vielleicht jemand, der was gegen ihn hatte?"

„Weißt", sagte Lotte nicht mehr ganz so garstig wie zuvor, „ich hab den Karl nicht leiden können. Aus dem kleinen Bub, der bei den Maulwürfen so gern gegartelt hat, also so gern Karotten, Zwiebeln, Kartoffeln und Blumen angebaut hat, ist ein echter Stinkstiefel geworden. Er hat sich ja gar nichts mehr sagen lassen." Sie hob den Finger und wackelte damit. „Wir haben uns ein neues Hochbeet machen lassen von ihm und ich habe ihm genau gesagt, welches Holz er nehmen soll und wie er das Hochbeet bauen muss, aber er meinte, er wüsste schon besser, wie so etwas funktioniert, schließlich sei er der Zimmerer und nicht ich. Ein arroganter Sack, das sage ich dir, Dolores, aber weißt…" Sie seufzte schwer. „Auch wenn einer ein arroganter Kerl ist, ein Besserwisser und Ehebrecher… Man bringt doch niemanden um."

„Ehebrecher?", hakte Dolores nach.

Lotte holte aus einem Schrank zwei Schnapsgläser und aus dem Gefrierfach eine Flasche Ouzo. „Siehst? Ouzo, keine Socken." Sie schenkte ein. „Weißt etwa nicht, Dolores, was mit dem Karl und der Theodora ist? Jeder im Dorf weiß es. Die zwei sind zusammen, schon lange." Sie kippte einen Ouzo auf ex und überlegte beim Nachschenken. „Das müssen fast vier Jahre sein. Freilich, die Emma wird demnächst drei und das hat schon vor der Kleinen angefangen. Eigentlich, also wenn man es genau nimmt, war die Ehe vom Karl und der Gundula immer eine Ehe zu dritt. Kurz nach der Hochzeit ist die Theodora hergezogen, es hat gefunkt und die zwei haben eine Affäre angefangen. Zumindest hat jeder im Dorf gemeint, es wäre eine Affäre, aber es hat immer länger gedauert mit den beiden und zuletzt…" Sie hob das Schnapsglas. „Prost, Dolores."

Dolores stieß mit ihr an, trank aber nicht. „Was war

zuletzt?"

„Weißt", setzte Lotte das Schnapsglas hart auf der Arbeitsfläche ab, „ich hab die zwei am Weiher getroffen. Mei, die sind halt auf der Bank gesessen und ich hab die wilden Schlüsselblümchen ausgegra... angeschaut und da hab ich gehört, wie zum ersten Mal seit vier Jahren die Rede von Scheidung war. Die Theodora hat gemeint, jetzt wäre es wirklich Zeit und der Karl hat gemeint, ja, jetzt würde es funktionieren, weil er das ganze Vermögen aus seiner Zimmerei auf die Seite geschafft hätte."

Sie legte einen Finger über die Lippen. „Aber tust mich nicht verpetzen, gell? Die zwei haben nicht gemerkt, wie ich hinter den Büschen gelauscht habe."

Dolores hob drei Finger der rechten Hand. „Ehrenwort."

„Weißt", fuhr Lotte fort, „ich hab mir schon gedacht, da muss was faul sein. Angeblich steht die Zimmerei vor dem Konkurs, aber der Karl ist doch immer am Arbeiten, immer am Arbeiten, und wir – und ich glaube, die anderen Kunden auch – haben unsere Rechnung pünktlich bezahlt." Sie flüsterte plötzlich: „Auf ein Konto in Liechtenstein. Aber nix verraten, gell?"

Knödel schwamm in der Mitte des Glases und beobachtete, wie Lotte einen dritten Ouzo schaffte. Dolores nippte an ihrem ersten. „Also hat Karl wohl Geld ins Ausland geschafft, um seiner Frau vorzutäuschen, die Zimmerei sei pleite."

„So ist es", nickte Lotte. „In der Woche nach Ostern sollte die Gundula es erfahren. Der Karl wollte ausziehen, also zur Theodora halt, und bei der Scheidung hätte die Gundula nichts vom Vermögen abbekommen, sondern sogar noch kräftig für die insolvente Zimmerei zahlen sollen. Weißt, Dolores, die Gundula verdient wirklich gut in der Bank. Sie macht Homeoffice, wegen dem Kleinen, weil sie den nicht in Betreuung geben kann, mit seinem elend schweren Beatmungsgerät. Wann immer sie den kleinen in seinen Rollstuhl wuchtet, damit sie ihn ein bisserl umherfahren kann, muss das Gerät mit und es ist so schwer, so elend schwer!" Lotte schleckte den Rand ihres Glases rundherum ab. „Ich glaube, die wird sich bald einen elektrischen Rollstuhl für den Kleinen zulegen, sie verdient ja gut genug dafür. Scheiß drauf, ob's die Krankenkasse zahlt!"

Auf einem Sideboard, das den Übergang zum Wohnzimmer markierte, standen zwei Orchideen am Rande und dazwischen jede Menge Fotos, die allesamt Lotte bei ihrer Tätigkeit als Vorständin des Gartenvereins zeigten. „Da ist ja die Theodora", stellte Dolores fest und zeigte auf ein Foto im Silberrahmen.

Lotte war nicht mehr ganz so trittsicher, ging aber zum Sideboard und holte das Foto, das unpassend auf einem knallroten Buch über giftige Gartenpflanzen stand. „Ja, ja, das Buch ist für die Theodora, alle anderen haben es schon gekriegt. Weißt, das Foto haben wir erst vorige Woche gemacht. Die Theodora hat sich als Kassier im Gartenverein beworben und weil sie als freiberufliche Künstlerin wohl recht gut mit Geld umgehen kann und weil ihr Balkon der schönste im ganzen Dorf ist, haben wir sie gewählt. Die macht in Schmuck. Goldschmiedin hat sie gelernt und jetzt hat sie ein Atelier in der Stadt." Lotte musste hicksen. „Hoppla, der Ouzo gibt Pfötchen." Sie lachte laut auf. „Etwas mit einem verheirateten Mann anzufangen, ist nicht korrekt." Lotte schüttelte den Kopf, aber ihr wurde gleich schwindlig und sie hielt sich selbst an den Ohren fest. „Aber wenn man die zwei sieht, also den Theodor und die Karla… umgekehrt, Dolores, es ist andersrum… weißt…" Lotte schenkte sich einen vierten Ouzo ein. „Weißt, als der Karl und die Gundula geheiratet haben, gab es ein kurzes Busserl in der Kirche, mehr nicht. Der Karl und die Theodora aber, die fressen sich fast auf, so heftig knutschen die zwei. Große Liebe. Gegen die große Liebe kannst nix machen. Ja, ja, das Pflanzengiftbuch muss ich der Theodora noch bringen, aber die fährt ja heute für drei Tage zu ihren Eltern an den Chiemsee. Nachher dann. Nachher."

Dolores nickte zu allem, aber als Lotte einen fünften Ouzo einschenken wollte, gab sie die Flasche nicht her. „Das langt jetzt, Lotte."

„Langt jetzt!", äffte Lotte sie nach. „Langt jetzt. Ich glaube, der Gundula hat es gelangt. Als ich nämlich meinen Horchposten am Weiher aufgegeben habe, ist sie mir entgegengekommen. Die Emma, sagte sie, sei bei einer Freundin, und auf den Buben, das arme Geschöpf, würde die Gitta aufpassen, also die Vermieterin. Du kennst die Gitta ja auch, vom Chor. Mei, die mit ihren grauseligen Lockenwicklern halt!" Lotte packte unvermittelt Dolores am Kragen. „Damit die Gundula mal einen langen Spaziergang machen kann und den Kopf freikriegt vom behinderten Kind! Weißt, die Gitta giftet gern, aber sie hat das Herz am rechten Fleck. Greift der Dunnula… der Gundula unter die Arme mit dem behinderten Kind. Ein Goldstück, ein Goldstück ist sie und du, Dolores, du gibst mir sofort den Ouzo, sonst kriegst von mir den Kopf freigemacht, aber mit dem Vorschlaghammer! Das ist mein Haus und mein Ouzo und es ist nicht korrekt, wie schnell du ihn mir wegsaufen willst. Immer ist dein Glas voll und meins? Meins!"

Dolores reichte ihr resignierend die Flasche. „Du verträgst nicht viel, oder?"

„Das ist nur", lallte Lotte, „weil ich gestern beim Trödler den Erdbeerlimes gesoffen habe. Den hat der Karl ausgegeben, aber als ich zum Trödler rein bin, war der Karl schon weg. Bloß der Limes war noch da und ein paar lustige Weiber aus dem Nachbardorf. Ich wollte überhaupt nicht saufen, sondern das Buch mit dem pflanzigen Giftgarten der Bärbel bringen." Sie deutete auf das Buch, das am Sideboard lag, und bemerkte, was sie verdreht hatte. „Gartengiftpflanzen. Das ist die Bibel unter den Gartenbüchern! Jedes Mitglied des Gartenvereins bekommt immer die neueste Auflage. Geschenkt! Ich hab schon alle fast ausgetragen." Sie hickste wieder. „Bis auf das Buch für die Theodora, aber die ist heute für drei Tage zum Chiemsee an ihren Eltern gefahren." Sie begann haltlos zu kichern. „Wir sind bis halb sechs beim Trödler verhockt. Bis halb sechs! Es ist ein Wunder, wie gut ich nach zwei Stunden Schlaf wieder drauf bin." Unvermittelt rammte sie Dolores den Ellbogen in die Seite: „Soberer aus dem Internet. Wirkt Wunder. Solltest du auch mal probieren."

Lotte nahm einen kräftigen Schluck aus der Ouzoflasche und holte ein Marmeladenglas aus dem Kühlschrank. „Internet", fuhr sie fort. „Internet. Das magische Zauberkasterl."

In dem Marmeladenglas war eine Flüssigkeit von seltsamer brauner Farbe. Dolores machte den Deckel auf und schnupperte daran. Sie fühlte sich an Hustensaft und Kräuterlikör erinnert. „Selbstgebrannt?"

„Ich", sprach Lotte mit erhobenem Daumen statt Zeigefinger, „mache meine Kölire… Liköre selbst, aber dieses Internet ist aus dem Rezept. Geheimnis!"

Sie nahm das Glas und trank einen großen Schluck. „Kopfwehtabletten sind drin und Zink und Vitamin C und andere tolle Zutaten. Ein halbes Glas, Dolores, nach einer durchzechten Nacht und du bist binnen einer Stunde wieder nüchtern. Eine Stunde!"

Dolores schaute skeptisch und auch Knödel guckte mit großen Augen.

„Eine Stunde", lallte Lotte. „In dem Gartenbuch steht das Rezept auch drin. Da stehen viele interessante Rezepte drin. Hat bei mir heute früh auch gewirkt. Es hilft wirklich."

Dolores nickte zögernd. „Wenn du es sagst. Lotte, als du um halb sechs vom Trödler heim bist, hast du den Karl getroffen? Oder weißt du, warum ihm schlecht war?"

„Schlecht?" Lotte zuckte die Schultern. „Der Theodora war schlecht, vielleicht haben sie beide was Falsches gegessen. Am Hinterfeld war ihnen beiden schlecht. Die Theodora hat gekotzt und der Karl ist immer hinter die Bäume, meistens hinter die Bäume. Einmal hat er es nicht geschafft. Scheiß Durchfall."

Dolores wartete, ob Lotte weiterreden würde, aber sie schwieg. Sie schaute in das Marmeladenglas mit der seltsamen braunen Flüssigkeit und würgte plötzlich. „Scheiße…"

Lotte schaffte es aufs Klo, aber die Tür blieb offen. Sie musste sich übergeben und Dolores nutzte die Gelegenheit, um zu gehen.

„Tür zu!", plärrte Hans-Rüdiger, als sie an seinem Nebenzimmer vorbeiging. „Tür zu! Sieben Briefmarken über giftige Gartenpflanzen und keine davon darf ins Trinkwasser gelangen! Der Rizinus hilft gegen Darmverschluss, Goldregen gegen argen Verdruss. Herbstzeitlose... Herbstzeit lose?"

Als Dolores die Haustür hinter sich zuzog, sagte sie zu Knödel: „Erst hatte der Hans-Rüdiger mit der Lotte als Frau nicht viel zu lachen, jetzt hat die Lotte mit ihrem Mann nichts mehr zu lachen."

Wohin als nächstes? Gar zum Ende?

Gundula   Seite 48
Griffel   Seite 75
Abdullah   Seite 96
Lotte   Seite 122
Torben   Seite 145
Berthold   Seite 170

Obacht! Vorsicht! Die Auflösung beginnt auf Seite 185.

Torben – „Wir versaufen unser Oma ihr klein Häuschen"

Seit mehreren Minuten stand Dolores Gräber vor Torbens Haustür und klingelte. Er war daheim, keine Frage, denn sie hörte ihn laut und deutlich durch das gekippte Schlafzimmerfenster im ersten Stock schnarchen. Wenn es eine kurze Pause gab, drückte sie den Klingelknopf.

„Mei, Frau Gräber", sagte schließlich eine heisere Stimme neben dem Müllhäuschen, „da wern Sie lang klingeln können."

Dolores schaute sich um. Sabine, die mit ihrer Familie direkt neben Torben wohnte, stand in Bademantel und barfuß neben dem Müllhäuschen, das direkt auf die Grundstücksgrenze gesetzt war. Sie hatte zwei Osterkörbchen abgestellt, die mit Süßigkeiten, Schokohasen und Eiern gefüllt waren.

„Für die Kinder?", vermutete Dolores.

Sabine rollte die Augen. „Freilich für die Kinder. Die anderen Geschenke hab ich schon im Garten versteckt, es fehlen bloß noch die Nester. Die Kindern wern sich freuen." Sie war mit ihrer heiseren Stimme kaum zu verstehen, brachte bloß ein knarziges Krächzen hervor.

„Krank?"

„Verkühlt", hustete Sabine. „Wir warn letzte Woche im Schwimmbad, danach bin ich mit nassen Haaren raus, weil die Kinder so lang mit Umziehen gebraucht haben und da hab ich mir was eingefangen. Husten, den schlimmsten Husten ever, und seit Karfreitag kriege ich keinen Ton mehr raus." Sie wickelte den Bademantel fester um sich. „Eigentlich sollte mein Mann die Ostersachen verstecken, aber der pennt noch." Sie nickte abfällig zu Torbens Fenster hoch. „Genau wie der. Der ist heimgekommen, da bin ich aufgestanden."

„Wann genau?", wollte Dolores wissen.

Sabine zuckte die Schultern. „So gegen Viertel nach sechs, halb sieben. Eher Viertel nach sechs. Ich hab wegen der Halsschmerzen nicht schlafen können. Die Decke könnte ich hochgehen! Ich esse Schmerzmittel wie andere Leute Gummibärchen."

„Heiße Milch…", wollte Dolores vorschlagen, aber Sabine winkte ab. „Schon ausprobiert. Heiße Milch mit Honig, Zwiebelsud, heiße Wickel, kalte Wickel, Inhalieren, sämtliche Medikamente, die ich im Haus hatte und die es in der Apotheke gab. Wissen Sie, Frau Gräber, das einzige, was kurzzeitig hilft, ist ein starker Schnaps." Sie lachte mühsam. „Aber ich kann ja nicht den ganzen Tag Schnaps saufen." Wieder glitt ihr Blick zu Torbens Fenster hoch. „Bin ja nicht wie die heutige Jugend."

„Jugend…?"

„Ja, ja", krächzte Sabine, „da ham Sie schon Recht. Der Torben mit seiner Bande ist längst aus dem Jugendalter raus. Tatsächlich ist er fünf Jahre älter als ich, aber vom Benehmen her…" Sie winkte ab. „Ich bitte Sie, welcher vernünftige Erwachsene benimmt sich wie ein halbstarker Teenager? Frühmorgens vom Saufen heimkommen und den restlichen Tag verpennen?" Sie deutete mit dem Daumen hinter sich. „Unsere Kinder sind acht und zwölf. Die würden auch gern mal länger schlafen, aber ich lasse sie nicht. Der frühe Vogel fängt den Wurm." Sie griff nach ihren Osternestern. „Heute fängt der frühe Vogel eher Ostereier. Frau Gräber, ich muss… Ich werd auch wieder reingehen, mir ist kalt."

Dolores schaute ihr nach, wie sie barfuß erst eine Runde durch den Garten drehte, um die Nester zu verstecken, und schließlich durch die Terrassentür ins Haus trat.

Oben im Schlafzimmer schnarchte Torben unverändert kräftig. Dolores drückte ihren Finger fest auf die Klingel.

„Ja, ja, ja." Diesmal kam die Stimme von der anderen Seite. Wieder war ein Osterhäschen unterwegs und versteckte Geschenke. Diesmal hieß es Herr Talmüller. Der ältere Herr mit den schneeweißen Haaren hatte drei leere Strohkörbchen in den Händen. „Die brauchen nicht denken, sie würden ihre Ostergeschenke einfach so hingestellt bekommen. Ich hab jedes einzelne ausgeleert und jedes Ei, jeden Hasen und jede Schokolade einzeln im Gras versteckt. Einzeln!" Er lachte leise und hatte offensichtlich einen Heidenspaß. „Ich hab dieses Jahr noch nicht Rasen gemäht. Das Gras steht bis zum Knie und der Süßkram ist kaum zu sehen."

Dolores stutzte. „Sind die Enkel nicht ein bisserl alt fürs Suchen?" Sie überlegte gründlich. Rebecca, Rafaela und Roberta waren Drillinge und eine von den dreien war letztens hinterm Steuer des Familienautos gesessen. Es war nicht leicht die Zeit im Blick zu behalten, die sich immer mehr zu beschleunigen schien.

Herr Talmüller lachte weiter und winkte ab. „Wenn die meinen, sie seien mit ihren siebzehn Jahren zu alt für Ostern… Ich bin siebenundneunzig und würde mich auch über ein Ei unter einem Busch freuen." Ein unterkühlter Blick streifte Torbens Haus. „Der sägt in einer Nacht mehr Holz als ich in einem Jahr. Hören Sie das, Frau Gräber?"

Es war nicht zu überhören, fand Dolores. Herr Talmüller verzog das Gesicht. „Drücken Sie ruhig nochmal die Klingel, kräftig und lang. Der braucht, bis er auf die Beine kommt. Osterfeuer." Er nickte vielsagend und obwohl Dolores noch nie bis zum Ende beim Osterfeuer gewesen war, konnte sie sich vorstellen, wie es dort ablief, beim Abbrennen und erst recht beim Herrichten.

„Aber eines", sagte Herr Talmüller, „ist nicht ganz richtig. Die Sabine von dort drüben meint, der Torben sei um Viertel nach sechs heimgekommen, aber, Frau Gräber, als ich von meinem Morgenspaziergang gekommen bin, hab ich den Torben weggehen sehen. Kurz vor sechs."

Dolores notierte das. „Vielleicht war er bloß nochmal kurz weg, weil er was vergessen hatte am Osterfeuer?"

„Vergessen?"

„Sein Handy vielleicht?"

Herr Talmüller winkte ab. „Die jungen Leute gehen ohne ihr Smartdings überhaupt nirgends mehr hin. Kann ich nicht verstehen, kann ich nicht verstehen. Sie?" Ehe Dolores etwas sagen konnte, redete er weiter: „Als ich Anfang der Vierziger meine Frau kennenlernte, haben wir uns in München am Hauptbahnhof verabredet. Abends. Kein Gleis, keine genaue Zeit. Und wir haben uns trotzdem getroffen, ganz ohne Handy. Das, Frau Gräber, das waren noch Zeiten."

„Heute ist es halt anders."

„Sie müssen klingeln, Frau Gräber, sonst wacht der Torben ja nie auf."

Dolores drückte den Knopf. „War der Karl auch hier in letzter Zeit?"

Herr Talmüller zeigte hinter sich. „Als sie das Haus von der alten Frau Meier ausgeräumt haben, er und der Torben. Ich hab denen gleich gesagt, wenn sie den Sperrmüll nicht kleinmachen, ist der Container ratzfatz voll, aber die jungen Leute hören ja nicht auf einen alten Greis. Die machen lieber jeden Fehler selber." Er winkte Dolores mit einer Handbewegung heran und drückte ihr einen kleinen Schokohasen in die Hand. „Frohe Ostern, Frau Gräber, frohe Ostern."

„Danke."

„Wissen Sie", sagte Herr Talmüller, „ich habe dem Karl auch was zu Ostern mitgeben, für seine Kinder, und als Retourkutsche hat er mir von den Muffins gebracht, gestern, die seine Frau gebacken hat." Herr Talmüller rollte mit den Augen. „Bananenmuffins ohne Zucker. Das, Frau Gräber, hört sich so scheußlich an wie es ist. Ein alter Mann wie ich... Wissen Sie, Frau Gräber, ich bin im Krieg jung gewesen. Wir wissen, was Süßigkeiten sind. Naschwerk ist kein Naschwerk, wenn es nicht süß ist. Muffins ohne Zucker... Ich bitte Sie! Und dann waren die Rosinen nicht mal mitgebacken, sondern nachträglich reingedrückt. Nachträglich! Reingedrückt! Deshalb hat das Zeug auch so bitter geschmeckt, weil die Süße der Rosinen sich nicht im Teig verbacken konnte. Widerlich! Nach dem ersten Bissen hab ich's weggeworfen. Komposthaufen." Er seufzte plötzlich schwer. „Traurig, da hab ich heute früh einen toten Fuchs gefunden mit Schaum vor dem Maul. Wenn's nicht mehr ganz so zeitig ist, muss ich den Peter anrufen, damit er den Fuchs abholt. Nicht, dass der den Fuchsbandwurm oder gar die Tollwut hat."

„Meinen Sie", fragte Dolores, „es könnte was mit dem Muffin nicht in Ordnung gewesen sein?"

Herr Talmüller lachte auf. „Frau Gräber, Frau Gräber, Sie sind jung und haben ein weiches Herz. So ein Fuchs, Frau Gräber, krepiert nun mal.

Dummerweise diesmal in unserem Garten, normalerweise sterben die im Wald. Tollwut! Mei, das war halt so dahergesagt. Tollwut hat der gewiss nicht."

Zwischendurch hatte Dolores immer wieder die Klingel gedrückt und endlich hörte sie Torben grunzen und die Treppe herunterkommen. „Sie haben doch wohl einen Vollschuss!", kam die wenig freundliche Begrüßung. „Vollschuss! Es ist Ostersonntag in der Früh!"

„Und der Karl ist tot", gab Dolores zurück. Sie sah aus dem Augenwinkel, wie Herr Talmüller sich bekreuzigte, in Deckung ging und anscheinend zurück in seinen Garten schlich.

Torben war plötzlich gar nicht mehr müde. Er starrte Dolores überrascht bis fassungslos an und schließlich brachen all seine Gedanken auf einmal aus ihm heraus: „Das war die Gundula, die will ihren Mann doch schon länger loswerden, oder diese Hexe vom Gartenverein, die ihm eine Abmahnung nach der anderen schickt, weil seine Balkonkästen nicht akkurat gepflegt sind, oder der Abdullah, der Berthold oder der Pfarrer. Der Pfarrer! Der war es! Sie hätten mal hören sollen, wie die am Telefon gestritten haben, weil der Karl nicht zur Taufe gekommen ist! Vom Griffel ganz zu schweigen, ich sage Ihnen, Frau Gräber, zwischen den beiden best buddies war ganz schön schlechte Stimmung in letzter Zeit. Und hab ich Ihnen schon von den Cheerleadern erzählt, die mit dem Karl im Clinch waren, weil sie seit einem Jahr keinen Auftritt mehr hatten, aber der Karl fleißig mit seiner Zimmerei neue Trikots gesponsert hat? Mieze, Pute und Bello stehen auch ganz oben auf der Liste, die haben sich letztes Wochenende fast mit dem Karl geprügelt und warum die Polizei den Karl aufgesucht hat, will ich gar nicht wissen. Bestimmt wegen dem illegalen Ausländer, den er beschäftigt hat, ganz bestimmt. Da kann der Bursche noch so gut sein, ohne Arbeitserlaubnis ist's halt Kacke."

Torben holte Luft und Dolores nutzte diese Chance, um zu sagen: „Können wir deine Liste der Verdächtigen nicht drinnen durchgehen? Hier draußen machen viele Osterhasen ziemlich lange Lauscher?"

Torben nahm ihr Knödel ab und führte sie in eine große Küche. Er stellte Knödel auf den Tisch und einen Topf Wasser auf den Herd. „So was, so was." Während er eine Teekanne aus dem Schrank nahm, überlegte er weiter: „Die Kreszenz vom

Theaterverein ist auch sowas von zusammengerutscht mit ihm. Da ging es um die Kulisse fürs neue Theater. Weil der alte Rahmen wirklich schon sehr, sehr alt ist, also so um die fünfzig Jahre, wollen die Theaterer eine neue Kulisse haben. So Holzelemente halt, die nach Bedarf in den Rahmen eingespannt werden. Erst sagt der Karl, die kann er bauen, zwischendurch halt und sogar zwei mit Fenster und Türen, damit das Theater lebendiger wird, aber dann kommt er nicht in die Gänge und Premiere ist doch schon morgen. Kommt schon noch, kommt schon noch, hat der Karl immer gesagt, aber die Kreszenz ist sowas von ausgeflippt, als sie in seiner Zimmerei war und bloß die Rohlinge rumgelegen sind." Aus einem Glas füllte er losen Tee in ein Teeei. „Die Mirl, die war es. Die hat einen ganzen Schrank voller Knarren und kann verdammt gut schießen und emotional geschädigt ist sie auch. Kennen Sie die Mirl, die Schwester vom Wurst-Lieserl? Die ist so spröde und ernst... Aber sie hat seit längerem ein Auge auf den Karl geworfen, seit ihr Mann auf und davon ist. Eifersucht, Frau Gräber, Eifersucht ist doch ein Motiv, oder?" Das Wasser kochte und er goss auf. „Sie wollen ja nicht wissen, wie er sich mit dem alten Waldner gestritten hat.

Angeblich hat der Karl ein Reh angefahren und nicht gemeldet, stattdessen mitgenommen und dem Restaurant *Kastaniensenke* verscherbelt. Bitte, Frau Gräber, hocken Sie sich ruhig hin."

Er stellte Teetassen, ein Stövchen und einen Teller mit Osterzopf auf den Tisch. „Jetzt erzählen Sie mir bitte ganz genau, was Sie wissen. Wie ist der Karl denn ums Leben gekommen und wann und wie und überhaupt?"

Er redete gern und viel. Die Schwierigkeit war, seine Vermutungen von dem zu trennen, was er wusste.

„Wir haben ihn", sagte Dolores, „heute um sieben am Maibaum gefunden."

„Selbstmord!", stieß Torben aus. „Was für ein feiges Schwein! Entzieht sich der Verantwortung, zieht den Schwanz ein und bringt sich um. So ein Arschloch!"

Er trank einen kleinen Schluck vom heißen Tee. „Verstehen Sie mich nicht falsch. Ich hab den Karl schon mögen, wir waren dicke Kumpels und immer miteinander unterwegs, seit Kindertagen quasi, aber manchmal, und jetzt war wieder so eine Zeit, manchmal ist er mir richtig auf den Sack gegangen."

Dolores musste sich selbst Tee einschenken. Eine halbe Tasse bloß, für den Anfang. „Warum?"

„Weil…" Torben dachte kurz nach. „Man soll ja über

die Toten nichts Schlechtes sagen. Also, ich muss sagen, er war eine große Hilfe, als wir das Haus von meiner Oma ausgeräumt haben. Das war unglaublich viel Zeug. Erst dachte ich, ein Container müsste reichen, aber weit gefehlt! Was die alte Frau in ihrem kleinen Häuschen angesammelt hat… Unglaublich!"

Irgendwo gab es ein leises Klappern und eine Katze betrat die Küche. Sie maunzte.

Torben stand auf und holte einen Futternapf aus einem Fach. „Wir haben eine ganze Woche gebraucht und vier Container, ehe das Haus leer war. Der Karl und ich haben geschleppt von früh bis spät. Respekt, wirklich. Er hat die Zimmerei extra deswegen stillgelegt. Sowas macht man bloß für gute Freunde, oder?"

In einem anderen Schrankfach begann er nach Katzenfutter zu suchen, nach der richtigen Dose Katzenfutter, denn er schob einige mit grünem Etikett zur Seite. „Das ist Thunfisch, den magst du nicht besonders." Die Katze strich ihm um die Beine und Dolores spürte einen Anflug von Juckreiz in der Nase.

„Ein bäriger Kumpel", erzählte Torben weiter, „das war die eine Seite von ihm, aber die andere Seite…"

Er schüttelte den Kopf und zeigte seiner Katze zwei Dosen Futter, eine blaue und eine gelbe. „Fisch oder Huhn?"

„Miau."

„Also Fisch." Er öffnete die Dose und löffelte den Inhalt in den Futternapf.

„Was", wollte Dolores wissen, „war mit Karls anderer Seite?"

Ihr blieb die Spucke weg, als Torben den Löffel abschleckte, ehe er der Katze den Napf hinstellte.

„Ein miserabler Mensch war er, jedenfalls in gewisser Weise. Ein hundsmiserabler Ehemann und Vater. Die kleine Emma kennt ihn mehr von Fotos als in echt und um den kleinen Karl Junior kümmert… also hat er sich überhaupt nicht gekümmert. Er hat die Gundula nicht mal im Krankenhaus besucht, wo sie das ganze Gedöns mit den Geräten gelernt hat. Wissen Sie schon, die Geräte, der kleine Karl Junior zum Überleben braucht. Ohne die Maschinen macht's der Kleine keine fünf Minuten und das Zeugs ist doch so schwer, viel zu schwer für so eine zierliche Frau. So ein Arschloch, oder? Also, ich meine den Karl, nicht den Kleinen."

Der Duft von Katzenfutter erreichte auch Dolores' Nase. Sie fand den Geruch eher abstoßend und hätte niemals, also niemals, den Löffel abgeschleckt. Sogar Knödel in seinem Glas wich zurück.

„Ich glaube", sagte Torben, „der Karl hat sich aufgehängt, weil ihm der ganze Mist mit der Zimmerei übern Kopf gewachsen ist. Pleite. So gut wie pleite. Er hat die Zimmerei von seinem Vater übernommen und fährt das Familienunternehmen gegen die Wand. Sie können sich ja denken, was die werte Frau Mutter dazu sagt? Und die Schwester?" Er nahm sich eine Scheibe vom Osterzopf und zupfte es mit den Fingern in kleine Stücke. „Dem Karl seine Schwester, die Katja, die hat Zimmerin gelernt. Nach dem Abitur ist sie nach Norddeutschland, ganz allein, und hat eine Ausbildung gemacht und den Meisterbrief auch gleich. Sie hat sogar als Zimmerin gearbeitet, bis sie den Stelzer kennengelernt hat. Schwanger ist sie zurückgekommen aus Norddeutschland und seitdem ist sie Hausfrau und Mutter." Torben schnaubte. „Als Mitgift hat sie genug Bargeld und das Baugrundstück bekommen, die braucht ihr Lebtag nicht mehr arbeiten, aber sie hätte gern." Er bückte sich und streichelte der Katze, die neben dem Tischbein fraß, über den Kopf. „Sie hätte so gern die Zimmerei übernommen und ich finde, sie hätte sie auch kriegen sollen, weil sie die

Zimmerei wirklich wollte. Nicht wie der Karl, der halt Zimmerer gelernt hat, weil er musste, und die Zimmerei gekriegt hat, weil er der Sohn war. Die Katja ist die ältere von den beiden, aber die erzkonservativen Alten haben dem Sohn die Zimmerei überschrieben, dem nichtsnutzigen, damischen Sohn, der ums Verrecken nicht vernünftig werden will, statt der fleißigen, begabten und talentierten Tochter." Er setzte sich die Katze auf den Schoß und sie begann sich schleckend zu putzen. „Die Katja, die hätte die Zimmerei niemals in den Abgrund geritten. Die ist kompetent, tüchtig und schlau." Er zeigte nach oben an die Zimmerdecke. „Die hat mir meinen Dachstuhl gemacht. Tadellos. Fünf Sterne! Die Holzhütte, die der Karl mir gemacht hat..." Er winkte ab. „...ist letzten Winter selbst zu Brennholz geworden. Und dann das Desaster mit dem Fernsehen. Der Karl ist sofort rausgeflogen, ich glaube, die haben ihn überhaupt bloß vorsingen lassen, damit dieser Juror sich kräftig über den Karl, den kleinen Tenor vom Land, lustig machen kann. Gießkannengejaule! Kreidetafelgequietsche! Ja, ich glaube, der Karl hat sich umgebracht, weil er der Blamage und dem Druck einfach nicht mehr standhalten konnte."

Dolores wusste nicht recht, womit sie bei ihren Notizen beginnen sollte. Es flossen so viele Informationen, von denen vermutlich nicht mal ein Prozent brauchbar war. „Wann hast du ihn zuletzt gesehen?"

„Am Osterfeuer", sagte Torben sofort. „Halt, nein, beim Trödler. Wir haben endlich die Geburt vom kleinen Karl gefeiert. Ich bin aber um zwei schon wieder gegangen, weil ich zurück zum Osterfeuer wollte. Da ist es bis zum Morgengrauen gemütlich, aber beim Trödler war die Stimmung ein bisserl…" Er überlegte. „Schwermütig. Wissen Sie, dem Karl war's nicht gut, der hat sich einen sauberen Durchfall eingefangen. Vielleicht von seinen Kindern, Kinder sind doch ständig krank. Außerdem hat er nicht richtig Luft gekriegt. Er hat immer gemeint, er würde schnaufen und schnaufen, aber irgendwie keine Luft in die Lunge kriegen." Torben schnippte mit den Fingern. „Da ist der Peter mit seinem Asthmaspray gekommen und hat es ihm ungefragt in den Mund gesteckt und abgedrückt. Wir haben alle recht lachen müssen, weil der Karl so gehustet hat. Noch mehr haben wir lachen müssen, als der Peter eins fünfzig für den Sprühstoß haben wollte. Das würde es halt kosten, meinte er, der reiche Sack. Geld wie Heu, aber nix abgeben wollen."

Dolores machte sich eine Notiz.

Torben tippte auf den Tisch. „Schreiben Sie ruhig alles auf, Frau Gräber. Der Peter hat dem Karl einen zweiten Sprühstoß vom Asthmaspray verordnet, weil der Peter gemeint hat, so rasselnd schnaufen würde er selbst immer, wenn ihm eine Katze zu nahe käme. Er ist allergisch auf Katzen. Obendrein hat er dem Karl mehrere Tabletten gegeben und Nasenspray und so Zeugs. Alles gegen Allergien. Der Peter ist ausstaffiert wie ein Krankenhaus und als er seine ganzen Medikamente zurück in die Jacke getan hat, ist es dem Karl ein bisserl besser gegangen. Jedenfalls hatte ich den Eindruck, als ich um zwei gegangen bin. Das Schnaufen, da hab ich den Karl extra gefragt, das ging besser. Es hat nicht mehr so arg nach einer alten Kinderrassel geklungen. War mir schon ein bisserl mulmig, wie der Karl so gerasselt und geröchelt hat. Ich meine, das ist ja nicht normal für den Karl."

So viele Notizen brauchten eine Weile. Knödel schaute Dolores zu, wie sie Seite um Seite in ihrem digitalen Notizbuch füllte. „Dem Karl war nicht gut gestern, weißt du, woran das gelegen haben könnte? Waren die Grillwürstel verdorben oder die

Getränke? Ihr habt doch einiges von deiner Oma mitgebracht?"

Torben winkte ab. „Der Stoff von meiner Oma war tadellos, Frau Gräber. Hochprozentiger Alkohol geht nicht kaputt. Da war ein Ouzo dabei, der hatte dreißig Jahre auf dem Buckel. In einer offenen Flasche, wo bloß ein Stamperl gefehlt hat. Kein Problem, Frau Gräber, kein Problem. Wir haben alle davon getrunken und keinem ist es schlecht geworden. Also, schlecht geworden ist es allen, vom Alkohol, nicht vom Verdorbenen."

„Und die Liköre?"

„Die Liköre", nickte Torben, „hören sich harmlos an, aber die Lotte weiß schon, wie man Likör lecker hinbekommt. Die waren allesamt im höheren Prozentbereich, wenn Sie verstehen." Er schnippte mit den Fingern und die Katze auf seinem Schoß zuckte kurz zusammen. „Wir haben vor einer ganzen Weile mal einen Likör von der Lotte zum Testen gegeben. Naja, es war kein offizieller Test. Eine von den Cheerleadern hat eine Probe ins Labor mitgenommen, wo sie arbeitet. Wissen Sie, was dabei rausgekommen ist? Johannisbeerlikör mit einem Alkoholgehalt von fast siebzig Prozent."

„Siebzig!"

„Siebzig", nickte Torben. „Da brauchen Sie mir nicht angekommen mit Verfallsdatum oder Haltbarkeit. Der Alkohol war tadellos. Ausnahmslos. Falls dem Karl vom Alkohol hätte schlecht werden können, dann wegen der Menge, aber ehrlich gesagt hat der Karl gestern nicht viel getrunken und gegessen auch nicht. Grillwürstel... Weiß ich nicht. Er ist mal eine Weile bei den Kuchen herumgestanden, aber vielleicht hat er bloß der Theodora Gesellschaft leisten wollen, die hat nämlich ordentlich beim Kuchen zugelangt und bei den Würsteln auch."

Die Katze schien es sich bequem zu machen, allerdings sprang sie plötzlich unvermittelt auf und rollte sich auf dem Fußboden zusammen. Torben begann Katzenhaare von seiner Jogginghose zu zupfen und ließ sie auf den Boden fallen. „Wie immer war es eine richtig gute Party und eigentlich würde das Osterfeuer heute Nacht noch viel besser werden, aber jetzt, wo es einen Todesfall gibt, dürfte die Stimmung getrübt sein." Er kratzte sich hinterm Ohr und trank gleichzeitig Tee. „Wissen Sie, wann die Beerdigung sein wird?"

„Willst du hingehen?"

„Freilich", nickte Torben. „Er war ein richtig guter Kumpel, einer, mit dem ich mein Leben verbracht habe. Auch, wenn es in letzter Zeit ein bisserl gehakt hat."

Der Tee war lecker, fand Dolores, deshalb schenkte sie sich nach. „Wo genau hat es denn gehakt?"

„Mei…" Torben stand auf und holte aus dem Kühlschrank Butter und Honig für den Osterzopf. Er begann zu frühstücken. „Mei…" Mit einer Geste bot er Dolores auch etwas vom Zopf an.

„Nein, danke", sagte Dolores, „mir ist heute auch nicht ganz so gut in der Magengegend."

„Sagen Sie das doch gleich!" Torben stand auf und verließ die Küche. Als er zurückkam, hatte er nicht bloß eine Schachtel Tabletten dabei, sondern auch ein dunkelbraunes Fläschchen mit einem handbeschriebenen Aufkleber. „Nehmen Sie zwei von den Tabletten und einen Esslöffel von der Tinktur. Das bringt Sie sofort wieder auf die Beine."

Es war nicht ganz klar ersichtlich, was in dem Fläschchen war. Dolores schnupperte daran. „Hustensaft?"

„Nüchtern-Saft", sagte Torben. „Aus der Apotheke in… Geheimnis. Aus einer Apotheke. Die mischen das Zeug nach einem Rezept aus Asien. Bringt Sie sofort wieder auf die Beine. Hilft gegen Übelkeit jeglicher Art."

„Asien?" Dolores schob das Fläschchen von sich weg. „Ist da Tigerfell drin oder geraspeltes Horn vom Nashorn?"

„Vegan!" Torben zeigte auf die untere Ecke des handbeschriebenen Aufklebers. „Vegan. Das ist ein Zaubermittel, Frau Gräber, ein regionales Zaubermittel."

„Mit einem Rezept aus Asien." Dolores runzelte die Stirn und begann das Etikett zu lesen. „Man weiß auch gar nicht, ob das korrekte Angaben sind. Arnika und Lavendel. Ts, ts, ts."

Torben lehnte sich im Stuhl zurück und verschränkte die Arme. „Mei, dann kurieren Sie Ihren Kater halt auf althergebrachte Weise aus, aber machen Sie mir keine Vorwürfe, wenn das ein paar Tage dauert. Ich will Ihnen nicht zu nahe treten, aber meine Leber in meinem Alter steckt so einen Vollrausch nicht mehr sang- und klanglos weg."

Als wollte er beweisen, wie harmlos seine Tinktur war, schenkte er einen großzügigen Schluck in seine leere Teetasse und trank. „Gibt es auch in einer Version mit zugesetzten Vitaminen."

Überzeugt. Dolores nahm einen Esslöffel von der Tinktur und musste sofort fürchterlich husten. „Meine Güte, wie viele Prozente hat das denn?"

Torben nahm einen zweiten Schluck. „Gute fünfzig, glaube ich."

„Gegenfeuer", japste Dolores, „Gegenfeuer. Warum hast du das dem Karl nicht angeboten, wo ihm doch so furchtbar schlecht war?"

„Hab ich", zuckte Torben die Schultern, „aber er wollte nicht. Er hätte herkommen müssen, weil ich das Zeug nicht ständig bei mir habe, aber der Weg war ihm zu weit."

„Zu weit?"

„Vom Hinterfeld hierher", nickte Torben, „ist es ohne Auto schnell mal zu weit und das Auto war keine Alternative. Die Bullen sind auch nicht blöd, die wissen, wann bei uns der Mittelbaum aufgestellt wird und wann der Scheiterhaufen fertig ist."

Dolores hatte den Kräutersud überwunden und den Hustenanfall auch. Sie schrieb wieder eine Notiz in ihr Tablet. „Weißt", sagte sie wie beiläufig, „der Karl könnte schon tot gewesen sein, bevor ihn jemand an den Maibaum gehängt hat."

„Mord", nickte Torben fest, „ist mir völlig klar."

„Hä?" Dolores verstand nichts mehr. „Grad bist du von Suizid wegen übergroßer Schulden ausgegangen?"

„Aber jetzt", hob Torben den Finger in die Höhe, „ist

mir die Sache mit Theodora eingefallen. Wissen Sie, der Karl und die Theodora… Aber das bleibt unter uns, Frau Gräber, das wissen nicht viele Leute im Dorf, der Karl und die Theodora bekommen ein Kind miteinander und Ende des Monats wollte der Karl bei ihr einziehen und gleichzeitig der Gundula die Scheidung vorlegen." Er ließ seine flache Hand auf den Tisch fallen. „Einer, der sich dermaßen auf ein Kind freut mit der Liebe seines Lebens, der bringt sich nicht um."

Dolores seufzte. All die Notizen zum Suizid kamen in eine Datei, alle Informationen zum möglichen Mord in eine andere.

„Sogar einen Namen", sagte Torben, „haben sie schon ausgesucht. Es soll nämlich ein Junge werden und er soll Felix heißen. Der glückliche Felix." Er tat einen schweren Seufzer. „Wenn's Mord war, bekommt die Theodora einen Batzen Geld aus der Versicherung, wenn's Selbstmord war, kriegt sie nichts."

Dolores stutzte. „Versicherung?"

„Klar." Torben stand auf und holte aus dem Schrank ein Glas Schokocreme. Er schmierte davon ordentlich auf seinen Osterzopf. „Als wir das Häuschen von der Oma ausgeräumt haben", erzählte Torben, „sind wir irgendwie auf Versicherungen zu reden gekommen. Ja, wir hatten auch schon ein paar Bier. Jedenfalls hat der Karl erzählt, er hätte seine Lebensversicherung umschreiben lassen. Begünstigte sei jetzt nicht mehr die Gundula, sondern die Theodora. Als freischaffende Künstlerin würde die Theodora öfters am Limit knapsen mit dem Geld, erst recht jetzt, wo das Kind unterwegs wäre. Da wollte er die Theodora versorgt wissen und den kleinen Felix auch, also hat er seine Versicherung umschreiben lassen. Alles für die Theodora, nix für die Gundula."

Eine Weile schlich die Katze unterm Tisch herum und sammelte die Brösel zusammen, die Torbens Osterzopf verursacht hatte.

„Mei", sagte der Torben plötzlich laut, „mir kann's wurscht sein, aber gerecht fand ich es nicht. Freilich kriegt das Geld die Gundula, also, sie würde es kriegen, aber doch, um die Emma und den Karlchen großzuziehen. Ist ja nicht für ihren privaten Spaß, so eine Summe aus einer Versicherung. Die Kinder können ja nix dafür, wenn's zwischen den Alten nicht mehr hinhaut, aber meistens müssen sie doch alles ausbaden." Er rieb sich lange die Stirn und trank einen zweiten Schluck von seinem

Muntermach-Gebräu. „Wissen es die Theodora und die Gundula schon? Das wird einen sauberen Streit geben bei der Beerdigung und nachher beim Erbe. Wer darf denn nun hinterm Sarg hergehen? Die Witwe oder die Geliebte?" Er stand auf, öffnete eine zweite Schale Katzenfutter und füllte den Napf der Katze nach. „Mei, Frau Gräber, das wird einen kräftigen Skandal auf der Beerdigung geben..." Er schleckte wieder den Löffel ab, ehe er schwer seufzte. „Mei o mei."

Wohin als nächstes? Gar zum Ende?

Gundula   Seite 48
Griffel   Seite 75
Abdullah   Seite 96
Lotte   Seite 122
Torben   Seite 145
Berthold   Seite 170

Obacht! Vorsicht! Die Auflösung beginnt auf Seite 185.

Berthold – Der Pate

Berthold wohnte nicht direkt im Dorf, sondern außerhalb in einem Haus, das es eigentlich nicht geben durfte. Es war ein Schwarzbau, den die Gemeinde schon lange abreißen lassen wollte, aber es ging von Verfahren zu Verfahren und Berthold hatte sehr gute Anwälte, die immer neue Argumente vorbrachten, warum er nicht ausziehen und das Haus nicht abreißen lassen musste.

Zu Fuß brauchte Dolores eine Viertelstunde und sie hatte das Gefühl, keine Arme mehr zu haben, so schwer wurde Knödel mit der Zeit.

„Freilich", schnaufte sie, als es den leichten Berg hinaufging, „ich hätte dich auch daheimlassen können, aber, Knödel, daheim auf dem Kasterl hilfst du ja nichts. Ich bin ja aufgeschmissen ohne dich."

Knödel schien den langen Ausflug zu genießen. Er schwamm vorn am Glas und freute sich offenbar über die gelben Wiesen voll Löwenzahn, die warme Sonne und die Äste der Bäume, die vom Föhnwind geschaukelt wurden.

„Weißt du", fuhr Dolores fort, obwohl sie eigentlich keine Luft zum Reden übrighatte, „in dem Haus, wo der Berthold jetzt wohnt, ist vor vielen, vielen Jahren ein Mord passiert. Einer von zwei Morden, die es im Dorf je gegeben hat. Also, *bevor* ich hergezogen bin. Seitdem…" In Gedanken ging sie die Mordfälle durch, die sie in den vergangenen Jahren gelöst hatte. „Seitdem ich hergezogen bin… Eine statistische Häufung, nehme ich an."

Endlich erreichte sie das kleine Häuschen mitten im Wald am Ende eines Feldweges, der jedes Jahr schmaler wurde und mehr zuwuchs. An allen Seiten war das Häuschen von hohen Fichten umgeben, die Schatten darauf warfen. Vor dem Haus stand eine Holzbank, ziemlich morsch und verfallen, rings um das Haus lagerte Bauschutt jeglicher Art und an einer Seite, bevor man das Haus erreichte, gab es eine breite und tiefe Grube, die mit alten Blechfässern gefüllt war. Es roch wie auf einem verlassenen Flugplatz.

Das Fenster neben der Eingangstür war offen und Berthold schaute heraus. „Servus … Öha … Besuch?"

„Dolores Gräber", stellte Dolores sich vor. „Bin ich der falsche Besuch?"

„Nein, nein", wiegelte Berthold schnell ab. „Gräber … Gräber … Freilich! Sie sind die Spürnase mit dem Fisch, mit dem Kommissar-Fisch!" Grinsend riss er die Hände in die Höhe. „Flossen hoch, oder? Sie haben die Ottilie hinter Schloss und Riegel gebracht und das Wurscht-Lieserl auch! Mei, diese G'schichten erzählt man beim Stammtisch immer noch rauf und runter." Er lehnte sich schmunzelnd auf das Fensterbrett und drehte das Geschirrtuch in den Händen. „Ist wieder ein Mord passiert, ha? Und ich bin verdächtig, ha?"

Dolores musste unbedingt Knödel abstellen. Sie ging zur Hausbank und stellte das Glas darauf, ehe sie ihre Arme ausschüttelte. „Herrschaft, ein weiter Weg bis hierher."

Berthold lehnte im Fenster. „Also?"

„Ein Mord", nickte Dolores. „Ich denke schon."

„Interessant." Berthold nickte ihr zu. „Ich komme raus. Wollen Sie auch eine Tasse Kaffee oder ein Glas Wasser? Ist ein ungewöhnlich warmer Frühling dieses Jahr."

„Wasser, bitte."

Dolores schwitzte. Sie nutzte die Zeit, die Berthold brauchte, um nach draußen zu kommen, um ihr Deo aufzufrischen. Als Berthold zu ihr trat und ihr ein Glas reichte, fühlte sie sich nicht mehr ganz so muffig. „Danke." Sie teilte das Glas Wasser mit Knödel, der sich über Frischwasser immer freute und eine Weile hinter den Blubberbläschen herjagte.

„Also?" Berthold holte einen Klappstuhl von der Wand und setzte sich Knödel gegenüber. „Mord, ha?"

„Vermutlich", sagte Dolores einen Schluck Wasser später. „Wir haben heute früh den Karl tot am Maibaum gefunden."

„Öha", sagte Berthold. „War er deshalb nicht bei der Taufe?"

Ein Reh tappte über den Vorplatz des Hauses. Es zeigte überhaupt keine Scheu und guckte die Menschen im Vorbeigehen nur kurz an, ehe es auf der anderen Seite zwischen den Fichten verschwand. Knödel schaute ihm interessiert nach. So etwas hatte er noch nie gesehen.

„Kommt hier öfter vor", sagte Berthold. „Die Viecher wissen haargenau, wie harmlos ich bin. Mei, nicht mal mein E-Auto macht großartig Lärm."

„E-Auto?"

„Freile." Berthold deutete mit einer Kopfbewegung Richtung Dorf. „Bei den Glascontainern gibt's ja eine Ladesäule, da kann ich's aufladen. Ich hätte mir ja eine Solaranlage aufs Dach machen lassen, aber die Fichten werfen zu viel Schatten. Das rentiert sich nicht. Und wegmachen kann ich die Fichten nicht, sonst steigt mir der Gemeinderat endgültig auf die Füße zwecks dem Schwarzbau. Mei, Deutschland, deine Bürokratie!"

„Die Taufe", kam Dolores zum Thema zurück. „Karls Neffe ist heute Nacht getauft worden und Karl hätte der Pate sein sollen."

„Moment!" Berthold hob mahnend den Finger. „Die Katja wollte mich als Paten haben, von Anfang an. Der Karl war bloß zweite Wahl und auch keine freiwillige. Die alte Hexe wollte es so, die Mutter von der Katja. Das ist eine Bissgurke, wie sie im Buche steht, ein scheinheiliges Miststück, das die Kirche und die Traditionen nach vorn schiebt, solange es ihr passt. Eigentlich wollten die Stelzers keine Taufe für den kleinen Benedikt, weil der Stelzer aus dem hohen Norden eh nicht fromm ist und die Katja sich einen Dreck um die Kirche schert. Aber die alte Hexe!" Er haute sich vor Wut selbst auf den Oberschenkel. „Die alte Hexe hat hingebenzt, wochenlang, schon während der Schwangerschaft, bis es eine Taufe gegeben hat. Wenigstens eine Taufe, damit der Bastard nicht im Fegefeuer landet." Er lachte trocken.

„Bastard?" Dolores überlegte, ob damit die mittelalterliche Bezeichnung für ein unehelich geborenes Kind gemeint war. „Aber die Stelzers sind doch verheiratet?"

„Standesamtlich", nickte Berthold. „Kirchlich nicht, deshalb ist für die alte Hexe die Ehe nicht existent und der Benedikt ein Bastard." Er tippte sich an die Stirn. „Die spinnt, die Alte, gleich noch mehr als unser damischer Pater. Der haut in dieselbe Kerbe, wo es bloß geht, aber beim Stelzer beißen beide auf Granit. Er hat mit der Kirche nix am Hut und seine Zustimmung zur Taufe ist ihm Entgegenkommen genug. Es hat ja nicht viel gefehlt und er hätte das Kind gar nicht taufen lassen. Verständlich, wenn man auf die letzten Skandale schaut." Berthold atmete tief durch. „Mei, der Kleine kann ja wieder austreten, ist ja kein Vertrag auf Lebenszeit."

In der Sonne, die zwischen den Fichtenzweigen durchspitzte, war es tatsächlich warm und Dolores war froh, wenn der Wind in den Fichten rüttelte und ein bisschen Schatten auf die Hausbank warf.

„Aber heute Nacht war Taufe?", fragte sie.

„Freilich", nickte Berthold. „Taufe in der Osternacht und danach Frühstück bei den Stelzers. Ich war schon ein bisserl überrascht, den Karl nicht in der Kirche zu sehen. Weil, wenn die alte Hexe was anschafft, spurt der Karl schon. Der Pater aber meinte, der Karl hätte sich krankgemeldet. Übelkeit. Übelkeit! Pah! Sturzbesoffen war er, wie immer. Bei dem gibt es bloß zwei Zustände: Sturzbesoffen oder verkatert. Ein Wunder, wie er es auf die Dächer schafft als Zimmermann, aber was man so hört, ist es da in letzter Zeit auch nicht gut gelaufen. Der Alkohol, Frau Gräber, der Alkohol, der ist ein gar schlechter Freund."

„Gestern", wandte Dolores ein, „war der Karl stocknüchtern. Weiß ich, weil ich ihn getroffen habe beim Trödler."

Berthold brach in schallendes Gelächter aus und kippte dabei fast vom Stuhl. „Der Karl und nüchtern beim Trödler! Niemals!" Er schlug sich auf die Schenkel. „Da hätten Sie mal besser einen Arzt gerufen, sowas ist nämlich noch nie vorgekommen. Der Karl nüchtern beim Trödler. Erst nüchtern am Hinterfeld und dann beim Trödler." Er sprang von seinem Klappstuhl hoch und langte durchs offene Küchenfenster hinein nach seinem Smartphone. „Das ist der Witz des Tages, das muss ich in die Gruppe schreiben!" Seine Finger flogen übers Display. „Mei, der Abdullah wird sich nicht mehr einkriegen."

Dolores wartete, bis er sich wieder gefangen hatte.

Das dauerte, denn die Gruppe antwortete offenbar sofort und eine neue Nachricht war fällig. Es ging minutenlang hin und her.

„Berthold", sagte Dolores schließlich, „wann hast du den Karl zuletzt gesehen?"

„Mei..." Berthold setzte sich wieder und wischte eine Lachträne aus dem Augenwinkel. „Zuletzt gesehen... Mei..." Er dachte nach. „Das war an Heilig-Drei-König. Ich hab eine Gruppe von den kleinen Sternsingern begleitet und die haben beim Karl und seiner Frau geklingelt. Die Gundula hat aufgemacht und sich das Singen angehört und dann ist der Karl dazugekommen und hat fünf Euro und ein paar Süßigkeiten gebracht. Ja, da hab ich ihn zuletzt gesehen. Heilig-Drei-König."

Das war im Januar und lange her, fand Dolores. „Danach nicht mehr? Was hast du heute Nacht getan? Wo warst du?"

„Ehrlich jetzt?" Er legte den Kopf schief und schaute sie vorwurfsvoll an. „Was meinen Sie denn, wo ich war? Ich kann's Ihnen sagen, Frau Gräber, ich war erst beim Osterfeuer, so bis ungefähr drei. Dann bin ich heim, hab mich umgezogen und bin in die Kirche." Er stand erneut auf und holte diesmal eine Kanne Kaffee vors Haus. „Ich bin ehrlich, Frau

Gräber, ich reiße mich nicht um das Taufpaten-Amt. Mir wurscht, was die Kirche meint, ich bin nicht fromm. Bisher war ich bloß zu faul zum Austreten. Der ganze Papierkram und dann muss man auf die Gemeinde... Firlefanz! Ich hab den Paten gemacht, weil ich die Katja gut kenne und sie mich gebeten hat. Die alte Hexe wollte den Karl als Paten haben, aber die Katja hatte von Anfang an ein dummes Gefühl bei dieser Vorstellung. Sie hat keinen Kontakt zu ihrem Bruder, warum sollte der sich also um den kleinen Benedikt kümmern? Außerdem, haben Sie mitbekommen, wie viel er sich um seine eigenen Kinder kümmert? Ehrlich, Frau Gräber, als Vater und als Pate ist der völlig ungeeignet."

„War", sagte Dolores. „Er war ungeeignet."

„War", nickte Berthold. „Ist ja tot, der arme Kerl."

„Hast du den Karl nach dem Ende der Messe gesehen?", wollte Dolores wissen. „Rund um die Kirche herum oder auf dem Weg zu den Stelzers?"

„Hab ich doch gesagt", murrte Berthold. „Ich hab ihn im Januar zuletzt gesehen. Heute früh nicht, gestern nicht. Beim Osterfeuer war ich mit Aufbauen beschäftigt, nicht mit Saufen. Ich hab zwar mitbekommen, dass der Karl am Hinterfeld war, aber gesehen… Höchstens aus dem Augenwinkel.

Mei, wir sind – waren – uns halt nicht … simpatico. Er hat mir zu viel gesoffen." Er zeigte mit dem Daumen auf sein Häuschen. „Normale Leute arbeiten fleißig und entspannen am Feierabend und für mich gehört ein Vollrausch nicht zum Entspannungsprogramm. Wenn ich Entspannung brauche, trinke ich einen Kräutertee oder einen Milchkaffee. Nein, den Karl habe ich nach der Messe nicht gesehen. Vor der Messe nicht und danach auch nicht." Er dachte kurz nach. „Die Messe war um Viertel vor sechs aus, erst Viertel vor sechs, weil der Pater wieder kein Ende finden wollte, und wir sind gleich zur Katja zum Frühstücken. Wir, also die Stelzers mit dem Benedikt, die alte Hexe und ich. Was hat die alte Hexe sich gefreut über die Taufe in der Osternacht. Ständig hat sie mir vorgeschwärmt, wie feierlich alles gewesen ist." Er schüttelte den Kopf. „Die hat auf mich eingeredet, ich solle fei ein Vorbild für den Benedikt sein und ihn im christlichen Glauben erziehen helfen. Christlich!" Berthold schnaubte. „Dem Buben werde ich zeigen, wie schön die Welt sein kann, ob christlich oder nicht. In die Kirche gehe ich mit ihm bloß zur Kommunion und dann zur Firmung, mehr nicht. Keine zusätzlichen Kirchgänge, keine zusätzliche

Christlichkeit. Die sollen ihren Saftladen erstmal auf Vordermann bringen, bevor ich freiwillig einen Fuß reinsetze."

Das Reh kam zurück. Es stakte aus dem Wald, schaute zu den Leuten vor dem Haus und ging gelassen weiter. Am anderen Waldrand knabberte es an einem Gras, bevor es zwischen den Bäumen verschwand.

„Wie war dein Verhältnis zum Karl?", wollte Dolores wissen.

Berthold schenkte sich erst einmal Kaffee nach und trank die Tasse gleich leer. „Nicht existent", sagte er schließlich.

„Bitte?"

„Da gab es kein Verhältnis", erklärte Berthold. „Wir wussten voneinander und haben gegrüßt, aber wir hatten nichts miteinander zu schaffen. Gar nichts. Als ich einen Zimmerer gebraucht habe, wegen dem Hagelschaden am Dach, hab ich den Lutz aus dem Nachbardorf gefragt und nicht den Karl."

„Hm", machte Dolores ein wenig enttäuscht.

Berthold schmunzelte. „Da sind Sie extra den weiten Weg vom Dorf heraus zu mir gekommen und dann kann ich Ihnen überhaupt nicht weiterhelfen. Schade, nicht wahr, aber leider kann ich Ihnen wirklich keinen Hinweis geben, wer dem Karl Böses hätte antun wollen." Ihm wurde warm in der Frühlingssonne und er zog seine Strickjacke aus. „Mei, wenn ich einen Verdacht äußern müsste... Einfach war er in letzter Zeit ja nicht, was man so hört."

Dolores stutzte, als sie sein linkes Handgelenk sah. „Was hast denn da für Schürfwunden am Arm?"

Berthold schaute seine Hand an. „Ach, das ist von gestern. Ich war mit dem Korb beim Einkaufen und als ich daheim den Korb vom Ellbogen auf den Boden habe rutschen lassen, hat sich alles aufgeschürft. Der Korb war halt zu schwer. Ich hatte drei Milchflaschen drin, ein Kilo Fleisch und noch Gemüse."

„Das", sagte Dolores, „sieht nach einer recht frischen Wunde aus."

„Sag ich doch", gab Berthold zurück, „ist gestern Abend passiert. Und heute bei der Taufe ist der Kleine draufgelegen und hin und her gewetzt. Hat wieder was aufgerissen." Er wischte mit der Hand über die Wunde. „Wead scho wean."

Diese Erklärung notierte Dolores in ihrem Tablet. Sie ließ sich Zeit beim Schreiben und schaute immer wieder um das Haus herum. „Pflegst du einen

Garten?"

Berthold lachte wieder trocken auf. „Einen Garten? Gott bewahre! Damit mir die Hexe vom Gartenverein auf die Füße steigen kann? Niemals!" Berthold rückte den Stuhl aus der Sonne und verschränkte die Arme. „Schlimm genug, was diese Giftspritze mit den Leuten im Dorf anstellt. Wenn es um ihren Gartenverein geht, kennt sie kein Erbarmen. Da wird gemahnt und gedroht auf Teufel komm raus. Es reicht nicht, wenn jemand alle zwei Wochen den Rasen mäht und manchmal einen hübschen Blumenstock an die Tür stellt. Nein, nein, für die Lotte muss es schon was Aufwändigeres sein. Pflanzen überall, Blumen, Büsche, Bäume und das Gras ja nicht länger als drei Zentimeter." Er grunzte abwertend. „Was meinen Sie, wie viele Leute jeden Samstag ein Mahnschreiben im Briefkasten finden, sie würden sich nicht genug Mühe geben beim Garteln? Nein, Frau Gräber, da bleibe ich außen vor. Die soll mir den Buckel runterrutschen mit ihrem Club." Er rollte mit den Augen. „Das ganze Dorf ist voller Hexen."

Dolores notierte diese Schimpftirade in groben Zügen. „Also keine Kräuter oder Nutzpflanzen?"

„Pf!", machte Berthold. „Am Waldrand wächst seit

Jahren ein Läusebaum und damit ist mein Gartenwissen schon erschöpft. Der Läusebaum stirbt im Winter ab, wenn es kalt wird, und treibt im Frühling neu aus. Soll aus Südeuropa kommen, aber seitdem die Winter bei uns milder werden, überlebt er hier auch."

„Läusebaum?" Den Namen hatte Dolores noch nie gehört.

„Ja", nickte Berthold. „Ein Läusebaum. Jedenfalls hat meine Oma immer Läusebaum dazu gesagt. Sie hat die Samen gern gesammelt und ein Öl daraus gemacht. Hilft bei Verstopfung, weil es einen krassen Durchfall auslöst. Hab ich einmal ausprobiert, Gott bewahre, das ging schnell. Grad noch aufs Klo hab ich es geschafft. Da kann jedes moderne Abführmittel einpacken."

„Ja, ja", sagte Dolores, „Rizin ist ein hochwirksames tödliches Gift, das…"

„Moment!" Berthold hob mahnend den Finger. „Das hört sich ja wie in der größten Giftmischerei an, aber das Öl ist überhaupt nicht giftig, weil beim Pressen so viel Hitze entsteht, dass das giftige Eiweiß zerfällt. Hat mir meine Oma erklärt. Keine Gefahr, Frau Gräber, absolut ungefährlich."

Dolores schaute skeptisch. „Aber wenn die Samen

zum Beispiel erst nach dem Backen in den Kuchen gelangen? Als Füllung? Nur mal so angenommen?"
„Das wäre selten dämlich", verschränkte Berthold die Arme. „Sowas weiß man doch, wenn man einen Läusebaum im Garten stehen hat und mit den Früchten Experimente macht." Er senkte die Stimme. „So blöd kann doch keiner sein, ha?"

Wohin als nächstes? Gar zum Ende?

Gundula	Seite 48
Griffel	Seite 75
Abdullah	Seite 96
Lotte	Seite 122
Torben	Seite 145
Berthold	Seite 170

Obacht! Vorsicht! Die Auflösung beginnt auf Seite 185.

Letztes Kapitel – Auflösung

Warnung! Obacht! Auf'gmerkt!

Hosd as?
Ist dir sonnenklar,
wer dem Karl sein Mörder war?

Woasd as?
Kennst du detailliert,
das Motiv, das zum Tod geführt?

Weißt du wieso, weshalb, warum?
Denkst nochmal nach oder blätterst um?

Also hast umgeblättert…

Langsam, das merkte man, wurde Knödel müde. Er lag in der Mitte seines Spazierglases auf einem Blatt und gähnte. Wahrscheinlich würde er sich daheim im Aquarium sofort unter seinen Steinbogen zurückziehen und eine Runde schlafen.

Dolores stellte Knödel auf der Hausbank ab und streckte das Kreuz durch. Die Schultern waren verspannt.

„Und?" Gitta kam in kleinen Tippelschritten näher. „Und? Weißt jetzt, was passiert ist?" Sie zeigte steil nach oben zum Maibaum. „Weißt, langsam wird's mir schon unheimlich. Ich glaube…" Sie senkte die Stimme. „Ich glaube, der fängt das Stinken an."

Wolfi, der mit geschlossenen Augen auf der Bank saß, machte einen langen Atemzug. „Was du dir einbildest! So schnell geht's fei nicht."

Pater Notker war nicht da. Dolores schaute sich nach ihm um, entdeckte aber keine Spur. „Wo ist denn…?"

„Aufs Klo", sagte Gitta schnell. „Falls du das Medium meinst. Die hat freilich mitgekriegt, was hier abläuft, und sich nicht abwimmeln lassen. Ich hab ja gemeint, sie soll heimgehen, aber die hat mit ihrem Pendel hin und her geschwenkt und gemeint, es sei eine wahre Tragödie. Eine Tragödie." Gitta faltete die Hände wie zum Gebet. „Sie hat gesagt, der tote Karl selbst hätte ihr gesagt, wer ihn umgebracht hat, aber als ich nachbohren wollte, musste sie recht dringend bieseln."

Dolores nickte. „Wo der Pater ist, hätte ich gern gewusst?"

„Kirche." Wolfi deutete hinter sich. „Der hat's mit dem Stehen nicht ausgehalten und er hatte Sorge um die Hausbank. Ich auch, ehrlich gesagt, dem sein Gewicht hält diese Bank nicht aus."

„Und der...", begann Dolores, aber Gitta fiel ihr ins Wort: „Krankenhaus. Notaufnahme." Sie schüttelte tadelnd den Kopf, als würde Peter etwas für seine vielen Allergien können. „Der hat keine Luft mehr bekommen und sein Spray ist ja weg. Der Abdullah hat zwar die Jacken vertauscht und dem Peter seine mitgenommen, aber das Spray war nicht darin. Also hat der Peter den Sanka anrufen müssen. Hilft ja nichts, bevor uns noch einer krepiert. Dann könnten wir uns den Chorauftritt fei sauber abschminken. So viel Übung für nix und wieder nix." Sie seufzte mehrmals. „Mei, der Sanka meint, der Peter ist zum Singen wieder da. Also, was ist jetzt?"

Dolores schaute hoch zu Karl, der wie schon um

sieben Uhr unverändert am Maibaum hing. „Das Asthmaspray vom Peter", sagte sie, „hat der Karl in seiner Hosentasche."

Gitta holte beeindruckt Luft und auch Wolfi riss die Augen auf. „Sakra, das hast du ermittelt auf die kurze Zeit? Das hat das Medium fei nicht auspendeln können."

„Ich habe ermitteln", nickte Dolores. „Ich weiß, was passiert und wie der Karl an den Maibaum gekommen ist."

Mit kugelrunden aufgerissenen Augen starrte Gitta sie an. „Mei, dann war's doch ein Mord? Hat er's nicht selber gemacht? Meint das Medium auch, weil's Pendel linksrum saust."

Aus ihrer Handtasche zog Dolores ihr Smartphone und sie wählte die Nummer der Polizei. Nicht den Notruf, es war kein Notfall, schließlich wusste sie, was passiert war, und dem Karl konnte eh kein Arzt mehr helfen.

„Und?", fragte der Wolfi, als sie aufgelegt hatte.

„Sie kommen", antwortete Dolores, „und sie bringen den Leichenwagen mit."

Mit einem Grunzen und einer hektischen Handbewegung machte Wolfi seinem Unmut Luft. „Das hab ich nicht gemeint. Ich wollte wissen, wer den Karl nun umgebracht hat? Wie ist es passiert?"

Auch Gitta zupfte aufgeregt an Dolores' Ärmel. „Du wirst uns doch nicht warten lassen, bis die Polizei kommt? Du, der Simon hat Dienst heute und bis der kommt… Das kann fei dauern, der ist nicht der Schnellste. Und ob's Medium rechtzeitig kommt, ist mir auch wurscht."

Dolores dachte kurz nach. „Also gut, ich sag's euch. Sie wird schon nicht abhauen."

„Sie?", stieß der Wolfi aus. „Eine Frau! Himmelsakra!"

In diesem Moment kam Pater Notker aus der Kirche und spurtete zu ihnen herüber, so schnell er konnte. Dolores sah ihn wankend kommen und wartete, bis er mit hochrotem Kopf bei ihr stand. „Gelobt sei Jesus Christus."

„In Ewigkeit, Amen", antworteten Gitta und Wolfi unisono.

Dolores nickte ihm zu. „Grüß Gott."

„Und?" Er tupfte sich mit dem Ärmel seines Gewandes über die Stirn. „Und?"

Sie hätte sich jetzt dumm stellen und Zeit schinden können, aber die drei platzten schier vor Neugier. Dolores seufzte schwer. „Ricinus communis aus der Gattung Euphorbiaceae. Ich denke, er ist damit vergiftet worden."

„Vergiftet!", stießen alle drei aus und Gitta fasste sich ans Herz. „Sakradi! Mord!"

Pater Notker bekreuzigte sich und begann murmelnd zu beten.

Wolfi hatte in seiner Jackentasche weitere Utensilien und drehte sich den nächsten Joint. Auf den kritischen Blick Gittas meinte er: „Ist erlaubt seit dem Ersten. Eigengebrauch."

„Droge bleibt Droge", konterte Gitta. „Im Angesicht der Kirche! Ts, ts, ts."

Wolfi lachte trocken. „Ricinus communis, meine liebe Gitta, steht auch bei dir im Garten."

Gitta holte empört Luft. „Als wenn ich den Karl…"

„Da", sagte Dolores rasch, „hat er Recht. Der Wunderbaum, Läusebaum oder auch Christuspalme genannt, findet sich in vielen Gärten des Dorfes, unter anderem auch im Pfarrgarten."

Pater Notker schaute sie böse an. „…führe mich nicht in Versuchung, sondern erlöse mich von dem Bösen…"

„Ricinus communis", fuhr Dolores unbeeindruckt fort, „ist eine hochgiftige Pflanze. Es genügen kleinste Spuren der Samenschalen, um einen Menschen zu vergiften, und ich glaube, damit ist der

Karl vergiftet worden."

„Das Erbrochene!", fiel es dem Wolfi ein. „Wenn wir das finden, können wir eine Probe nehmen."

Dolores zeigte die Straße entlang. „Bei der Theodora am Hauseck hat der Karl speim müssen. Das Erbrochene ist ganz frisch, aber die Rechtsmedizin kann auch einfach eine Magenprobe nehmen."

Gitta stampfte mit dem Fuß auf. „Diese Theodora! Was die sich einbildet! Die meint auch, jedes Mannsbild im Ort gehört ihr. An verheiratete Männer ranmachen – sowas macht man nicht!" Ein Geistesblitz schien ihr durchs Gehirn zu zucken. „War es die Theodora? Hat die den Liebhaber umgebracht, weil er ihr unbequem wurde?"

„Ein *Liebhaber* war er nicht", widersprach Dolores. „Es war vielmehr eine ganz große Liebe zwischen den beiden. Die Theodora ist schwanger vom Karl und er hätte demnächst bei ihr einziehen wollen."

Zwischen Vaterunser und Ave Maria glaubte Dolores ein „Sodom und Gomorrha" zu hören, aber der Pater betete gleich weiter.

„Auweh zwick", meinte der Wolfi. „Dann war es vielleicht der Abdullah. Aus Eifersucht. Der war lang schon scharf auf die Theodora, aber die hat ihn mit dem Arsch nicht angeschaut. Mei, jetzt weiß ich auch warum."

„Der Abdullah!", stieß Gitta aus. „Immer diese Ausländer!"

„Nein, nein." Dolores ging dazwischen, bevor sie ihr Repertoire an Vorurteilen loswerden konnte. „Erstens ist der Abdullah kein Ausländer, schon lang nicht mehr, und zweitens hat er kein Auge auf die Theodora geworfen, sondern ist mit dem… Aber das tut hier nichts zur Sache."

„Mit … dem …!" Der Wolfi begann in seinem Marihuana-Nebel den Kopf zu schütteln. „Siehst, da meinst, du kennst die Menschen und dann ist der Abdullah schwul. Hab ich nicht gemerkt, hab ich wirklich nicht gemerkt."

„Vater unser im Himmel…"

„Mei!", stieß Gitta aus mit einer großen Erleuchtung mitten im Gesicht. „Deswegen hat der noch nie nicht keine Freundin nicht gehabt! Aber wenn er schwul ist und von der Theodora nix will und mit dem Karl immer wegen dem Burschenverein gestritten hat…" Sie dachte kurz nach. „Dann war's der Abdullah auch nicht?"

„Die Lotte", warf der Wolfi ein, „die hat den Karl gehasst, weil er sich einen Scheißdreck ums Garteln gekümmert hat, und sie hat einen Wunderbaum im

Garten und kennt sich aus mit dem Giftzeugs."

„Aber", wandte Dolores ein, „sie hasst das Backen und der Karl ist mit einem Muffin vergiftet worden. Genauer gesagt waren die giftigen Samenschalen in den Rosinen, die in den Muffins waren." Sie öffnete ihre Handtasche und zog einen Zipperbeutel heraus. Normalerweise hatte sie diese verschließbaren Plastikbeutel dabei, um benutzte Taschentücher oder Müll aufzubewahren, aber diesmal war kein Taschentuch darin, sondern ein zerknautschter Bananen-Muffin. „Den", sagte Dolores, „habe ich aus Gundulas Biomüll gefischt, als sie kurz die Emma aus dem Wohnzimmer geholt hat. Ich wette, er hat Rizin in sich. Die Lotte hat nämlich dem Karl nicht bloß ständig Abmahnungen geschickt, sie hat ihm auch die neueste Auflage vom Gartenpflanzen-Buch gegeben und darin ist ein ganzes Kapitel über giftige Gartenpflanzen zu finden."

„Aber", wandte Pater Notker ein, „der Karl, das muss leider gesagt werden, war noch nie ein Freund des geschriebenen Wortes. Mein bescheidener Verdacht war ja vielmehr, es könnte sich bei ihm um einen von vielen unentdeckten Analphabeten handeln."

„Schmarrn!", fauchte ihn Gitta an. „Der Karl hat

doch immer Rechnungen getippt und einen Meisterbrief hat er auch. Wie soll denn das gehen, wenn man nicht Lesen kann? Ha?"

„Die Gundula", erklärte Dolores, „die hat das Buch von der Lotte entgegengenommen und sie hat sich gewiss auch die Mahnungen wegen des Wunderbaums anhören müssen, der bei euch, Gitta, an der Garage wächst."

„Die Gundula!", stieß Gitta aus. „In meinem Haus eine Mörderin! Hat die ihren Mann vergiftet! Um ihn loszuwerden!" Sie fasste sich ans Herz und ließ sich neben Knödel und Wolfi auf die Hausbank fallen. „Mein lieber Herr im Himmel!"

„Freilich, lieber Herr im Himmel", schimpfte Wolfi. „Wenn du dich so fallenlässt, sitzen wir drei gleich alle eine Etage tiefer. Die Bank hält das nicht aus!"

„Die Bank!", giftete Gitta zurück. „Was kümmert dich die Bank? In meinem Haus wohnt eine Mörderin, eine Giftmischerin, die ihren eigenen Mann unter die Erde bringen will." Sie musste mit geschlossenen Augen Atemübungen machen und konnte sich trotzdem kaum beruhigen. „So eine hinterlistige Person… Und ich hab ihr auch noch den Kleinen hin und wieder abgenommen."

„Aber…", sagte Wolfi bedeutungsschwer, „wie

kommt der Karl denn nun an den Maibaum? Reicht das Vergiften nicht, um ihn umzubringen?"

Dolores rechnete kurz nach. „Er hat am Nachmittag einen Muffin mit seiner Familie gegessen, danach setzten die Beschwerden ein. Bei Griffel hat er sich mit Medikamenten gegen Übelkeit eingedeckt und es ging ihm wohl tatsächlich kurzfristig besser, jedenfalls hat er am Hinterfeld einen zweiten Muffin gegessen, der wieder vergiftet war."

„Mei, der Peter!", kam es dem Wolfi. „Der hat den Karl doch mit seinem Allergiezeugs traktiert und ihm Tabletten gegeben und das Spray zum Einatmen."

„Genau", nickte Dolores. „Ganz falsch lag der Peter nicht mit seiner Einschätzung. Der Karl hatte tatsächlich Atemprobleme, nur lag es nicht an einer Katze oder dem Heuschnupfen, sondern dem Rizin, das dem Karl langsam die Atemmuskulatur gelähmt hat."

„Jessas!", schnappte Gitta nach Luft. „Da willst einem helfen und es bringt gar nichts."

„Jedenfalls", stellte Dolores Gräber fest, „ist in den Muffins genug Rizin gewesen, um den Karl umzubringen. Das Gift in den anderen Muffins, die der Karl dem Herrn Talmeier gebracht hat, hat leider einen Fuchs erledigt. Bei so viel Gift hätte selbst ein Notarzt mit genauer Kenntnis des Sachverhalts nicht helfen können."

Wolfi zeigte mit gestrecktem Finger auf den Maibaum. „Und wie?"

Tatsächlich kam in diesem Moment der Leichenwagen die Straße entlang und hielt bei ihnen an. Justus stieg aus und grüßte in die Runde. „Servus beinand, i soi do an Karl obhoin?"

„Gleich, gell", sagte Gitta schnippisch. „Jetzt wirst einen Moment warten, weil uns die Dolores grad erzählen wollte, wie der Karl überhaupt erst an den Maibaum gekommen ist."

Justus schaute hoch und starrte mit offenem Mund. „Pfeilgrod, dea baumed fei sauba weid om. Do dad i a Loadda braucha."

„Weil", begann Dolores ihre Erklärung, „es sich um einen Mord aus Eifersucht und Rache handelt."

„Das war nämlich die Gundula", triumphierte Gitta mit den Händen in den Hüften. „Die hat ihren Mann umgebracht und es wie einen Selbstmord aussehen lassen."

„Freile", nickte Justus, als wäre er vollkommen in die Ermittlungen involviert. „Freile, wann a Weibaleid Rewansch suachd… Aba d'Vasicharung zoid fei neda beim Soiba-Umbringa."

„Genau", stieß Gitta aus. „Genau so ist es, deshalb… Also… Deswegen hat die Gundula… Mei…" Sie schaute hilfesuchend zu Dolores. „Warum lässt sie es wie einen Selbstmord aussehen, wenn ihr die Versicherung dann durch die Lappen geht?"

„Petunien non olet!", lachte Wolfi vor sich hin, die Pupillen ganz groß und den Kopf in starker Schräglage. „Don't worry, be happy. Duuu-duuduuduu …" Er begann zu singen.

„Die Versicherung", erklärte Dolores, „hat der Karl vor ein paar Tagen geändert. Es war nicht mehr die Gundula Begünstigte der Lebensversicherung, sondern die Theodora. Die Gundula hat den Brief gelesen, in dem die Änderung bestätigt wurde. Sie hat von der Affäre ihres Mannes erfahren, von Theodoras Schwangerschaft und den Scheidungsplänen und hat…"

„Rewansch!" Justus setzte sich auf das Geländer neben dem Maibaum, die Füße des Toten nur knapp über sich. „Mei, Karl, obaschde Regl: Leg di nia ned midam Weibaleid o, scho gorned mim eigna."

Dolores stimmte ihm zu. „Sie hat der Theodora weder den Karl gegönnt noch das viele Geld aus der Versicherung. Also hat sie den Karl vergiftet, damit die Theodora ihn nicht mehr hat, und es wie einen Selbstmord aussehen lassen, damit die Versicherung die Zahlung verweigert."

„Sauba", fand Justus. „Sauba ausknobet. Des is fei scho a ziemlich varreggda Plan."

„Aber", begann die Gitta übers ganze Gesicht zu strahlen, „die Gundula hat nicht mit unserer Dolores und dem Knödel gerechnet. Die zwei kommen hinter jede Gemeinheit." Hinter ihr schlug die Kirchenuhr. „Sackelzement, schon halb. Jetzt aber schnell runter mit dem Karl, sonst gibt's eine Mordsaufregung im Dorf. Kumm, Justus, geh weiter! Musst dich fei langsam beeilen."